创 意 写 作 书 系

THE
FIRST
50
PAGES
ENGAGE AGENTS, EDITORS, AND READERS,
AND SET UP YOUR NOVEL FOR SUCCESS

写好前五十页

［美］杰夫·格尔克（Jeff Gerke） 著
王著定 译

中国人民大学出版社
·北京·

"创意写作书系"顾问委员会

（按姓氏笔画排名）

刁克利	中国人民大学
王安忆	复旦大学
刘震云	中国人民大学
孙　郁	中国人民大学
劳　马	中国人民大学
陈思和	复旦大学
格　非	清华大学
曹文轩	北京大学
阎连科	中国人民大学
梁　鸿	中国人民大学
葛红兵	上海大学

谨以此书献给

Rod Morris

导师，朋友兼首任编辑

可以毫不牵强地讲，我的事业归功于您，感谢您早年伯乐般的知遇之恩。

致谢

感谢《作家文摘》给笔者提供机会以帮助小说家们更上一层楼，接近他们梦寐以求的职业理想。写作培训类书籍著述之浩繁令一代代小说家受益匪浅。先贤方家贡献良多，笔者能以绵薄之力躬逢其盛，且拙著得以忝列其中，实乃无上荣幸。

感谢我的编辑弗朗西斯·司各特。在整个出版过程中他精准的文字录入让我受惠良多。

感谢詹姆斯·司各特·贝尔为此书撰写精彩的前言，以及唐纳德·马斯的封面赞语。

我还要感谢那些热爱小说创作，而且追求技艺精益求精的作者们。

编辑手记

　　探讨开头如何写，一直是写作指导类图书的重点之一。作为系统引进国外创意写作成果的丛书，"创意写作书系"曾在 2013 年推出《写好前五页》，探究的就是在出版人看来，什么样的书才是好作品，如何让你的开头脱颖而出。它的重点涉及遣词造句、情节代入、对话描写等环节，可说是探讨精彩开头写法的优秀图书之一，在引入国内后受到很多读者朋友的肯定与支持。毋庸置疑，对于一部小说来说，一个好的开头极其重要。它决定了你的作品能否得到出版、能否吸引读者继续读下去，以及能否最终形成购买。说到底，就是你的作品能否具有吸引人的力量。

　　一本书的前 50 页可说承载了这个重要任务的绝大部分。现在我们手中这本《写好前五十页》，就是站在一个更具战略性的高度上，从情节、人物等角度出发，详细地探讨了如何写出强有力的第 1 页、如何通过展示来引入主人公、如何开启主人公内心的旅程、如何让反面人物登场、如何处理人物与情节的关系、如何写序幕、如何在精彩的前 50 页基础上继续写后面的内容、前 50 页与"三幕剧结构"的第一幕关系如何、如何写系列小说，等等。作者紧抓让小说开头变得有力、精彩而不老套的关键所在，在大量审稿、写作与阅读的积累之上，为读者在遍布荆棘的写作丛林之中开辟出一条通往成功写作之路的蹊径。

本书作者既是一位小说家，又是编辑、经纪人，还经常在写作研讨会、作家研修班上讲课，深知困扰作家的写作问题所在，而很多时候，作家身具某一问题却不自知。不得不说，本书作者在文中分享的经验值得每一位写作爱好者认真对待。每一个人在写作中都会遇到这样或者那样的问题，但不是每一个问题都需要自己摸爬滚打领悟一番才能解决，或者面对问题绕道而走。借鉴他人的经验，特别是能够从作家、编辑、经纪人、读者等多个角度看事情的人对问题的解决之道，可能是一个事半功倍的路径。当然，好的写作仍需慢慢积累磨砺，不过很多写作技巧、很多问题的解决办法是可以参考、学习的，它能帮你更有效地写作，更好地积累，更快地走上成功写作的道路。

正如作者在书中所说，"如果你把前50页写好了，那么你把剩余部分写好的概率就增加了十倍。"开头的写法有很多种，而且很可能你有自己独特的开篇路数。希望本书带给读者的，是更加开阔的视野，以及更富创意的思路。

另外需要指出的是，本书所指"前50页"，是一个意义上的指代，它可能是49页、48页、51页、52页，或者有更大的页数出入，但是作为开头，它有很多重要的任务要完成，因此重点不是精确的几十页，而是这些必须在开头完成的任务有没有得到妥善处理。此外，这个"50页"指的是英语小说创作的情形，在语言、开本、篇幅上都和汉语写作存在差异，因此国内读者在阅读此书时，更应取其意义上的指代，而无须计较某个精确的"50页"。

杜俊红

序言

在我谋杀了杰夫·格尔克的当天晚上他又死里逃生，正是因为这个缘故，他才写出了你眼前的这本书。

我确信，有了上面那句开场白的引导，你肯定会读接下来的这句话。说白了，用这个本领写畅销小说是绰绰有余的。这样的句子被环环相扣地逐一码放起来，读者读起来自然是欲罢不能，非读完不可，等到句子够多时，你就大功告成了。

有这样简单吗？确实，如果步步为营，登上珠穆朗玛峰也一样很简单。

不过，你要反复训练并且增强耐力，心里铭记着"千里之行，始于足下"的古训，那么你迟早都能用自己的双脚丈量出这座地球巅峰的高度。同理，一本好书的创作亦始于开篇的前50页。

而在这方面，杰夫·格尔克可谓大有用武之地。

杰夫本人不仅是一位作家（有他以笔名为杰斐逊·斯科特的小说为证），而且身兼编辑与出版商两职。所以，他看待开篇数页不但视角全面，而且还能做到知行合一。怎样才能写好至关重要的小说开头呢？他在本书中做出的讲解是清晰透彻的。

懂了吧，其实你的选项只有两个：要么在前50页俘获读者、经纪人或者编辑，要么一切免谈。

你的选择是哪个呢？

我早就想到了。眼前杰夫的这本书是你的好帮手。他告诉你成败的关键，然后你就可以信心满满地迈步登山了。

开始吧。

詹姆斯·斯科特·贝尔

前言

有这么一个小伙子。

他一头浓密的头发、双肩单薄、身形瘦削,甚至有点儿书呆子气。他并非今天大家心目中的那种男一号。

他向当天先于自己做完演讲的所有演讲人表示感谢,这时他的脸上甚至还略显腼腆。他的眼睛一会儿盯着地面,一会儿看着自己的鞋子或者面前的讲稿。他的开场白算不上流畅,在休斯敦的炎炎烈日之下,闷热的天气似乎预示着这台演讲是单调乏味、没完没了的。他忐忑不安地摸索着讲台,同时迸出了一句话,不幸的是,这句话里用了"才学"和"大学"这两个词押韵。

但是,当他真的开始讲话的时候,奇迹出现了。

"我们向着这片新的蓝海扬帆起航,为的是获得新的知识,"他说,"人们必须致新知,并且促进全体人民的进步……眼下在外太空还不存在纷争与偏见,国与国之间尚不存在冲突。来自太空的危险是大家共同的敌人。征服太空的事业值得全人类全力以赴。"

上面的事情发生在 1962 年 9 月 12 日。约翰·肯尼迪当天在莱斯大学的体育场发表的那次演讲后来被誉为其巅峰之作。他的豪言壮语和坚强意志促进美国推出了太空计划，旨在于1970年以前把美国宇航员送到月球上。

"有人会问，'可是，为什么要选择登上月球呢？'""'我们为什么选择这个星球作为目标呢？'他们还会问，'为什么要攀登最高的山峰呢？35年之前，为什么要飞越大西洋呢？为什么莱斯大学要选择跟得州大学在橄榄球场上一较高下呢？'"

这句话当然引起了听众的哄堂大笑。莱斯大学因为盛产专家学者而知名，而他们的橄榄球队遭到橄榄球强校得州大学血洗早已是家常便饭了。但是，杰克提高了调门，打断了听众的哄笑声，他接下来说出的话直至今天仍然令我激动不已。

"我们选择在这个十年内登上月球的原因，以及做其他事情的原因，并非因为它们简单易行，而是因为它们充满挑战。"此时，大家的哄笑声变成了欢呼声。有了观众欢呼雀跃的气氛，他更是春风得意，顺势把人们的热情激发出来。

"因为此举有助于我们组织并衡量我们最精干的科研队伍和能工巧匠。因为我们乐于迎接这样一个挑战。我们只争朝夕，我们不想一拖再拖。而且，我们志在必得。"

这个口音古怪、头发蓬松、憨态可掬的年轻人，熟练地运用语言和氛围的呼应效果，在听众中间激起了强大的能量。这个能量原本只是一种潜在的力量，它只是默默地潜伏着，不过，他的开场白启动了这个能量，激发出了澎湃的动力。

假如当时他要求听众掏腰包赞助登月计划，我相信大家肯定会慷慨解囊的。他们肯定会想出办法的。那一天，约翰·肯尼迪点燃了一场运动的火花，其力量不仅席卷了在场的听众，而且轰动了全国乃至全世界，直到今天他的远见卓识所引发的巨大能量仍然令我们受益。

强有力的开端就拥有这样强大的力量。

我们选择了登月

你在小说第一页要写的话可以而且必须具有类似的威力。它们必须俘获读者的想象力并且点燃其心中的愿景,你要运用故事中的磨难与胜利让他们跟着你走。用肯尼迪的话来说,你想让读者紧紧跟着你,透过故事的绝大部分力量感受到惊天动地的场面,仿佛他们踏上了人类有史以来最伟大的探险活动。

你希望自己的小说的初始推动器也是威力惊人的,正如土星 C-1 助推火箭点火升空的场面一样震撼人心。无论你写的是探险故事、恐怖小说、浪漫喜剧还是温馨的奇迹,或者别的什么作品,你要知道,作品的开篇一定要动力强劲,否则读者肯定还没有读到故事的主体部分就不堪忍受了。

或许你也约略知道出版行业的工作流程。你知道,出版社的文学经纪人或组稿编辑将决定你的书的命运,而他们的判断依据只是前面数页的内容。

出版商只消阅读寥寥数页的手稿就要做出一本书出版与否的决定,假如你知道这个残酷的事实,会感到震惊的。通常,只有组稿编辑才会把一本书从头读到尾,然后他就要做出签约与否的决定。而其他十几个高管也就读过稿件的 50 页而已。他们只读前 50 页,或许连 50 页都不到,也许他们只读前 10 页,其他的东西他们全听编辑的。

所谓"不请自来"的稿件(即不是由经纪人送交的稿件)在多数大型的出版社那里都要吃闭门羹。所以,在书稿前面数页拿到出版社的高管审稿会议之前,你首先必须通过文学经纪人的预审这一关。

经纪人每年收到的手稿成千上万。有些人收到的稿件数以万计。在这种情况下,他们的本能策略就是发现新的审稿方法,迅速而勤奋地把投稿逐一通读一遍,这样他们至少能把高高的纸堆削减一点。

大多数情况下，他们很轻易地就做出退稿的决定。原因要么是作者没有遵循经纪公司的写作指引，要么是作者把纪实作品寄给了经纪人，而这些经纪人只接受虚构作品。不过，即便经过初步淘汰之后，剩下的手稿堆仍然有火箭发射台的塔架那么高。

有些经纪人按照稿件原本的先后顺序进行审稿。他们先读封面，然后是单页梗概、故事提纲等等，随后再审阅样章。还有一些经纪人，尤其是那些青睐小说的人，他们会径直跳过上述所有内容，直接跳到每一章的第1页开始审稿。

在这种情况下，你要在10秒钟之内获得此人的青睐。请记住，眼下她正在寻找的是一个退稿的理由。这并不是因为她是个怪物，而是因为她要跟时间赛跑。她喜欢读小说，她也想对你的书青睐有加，而且发现新秀也是她分内之事，这样她才能保住自己的饭碗，但是排队等候的人是如此之多，而且她也知道，其中大多数到头来只是难入其法眼的破烂儿而已。当你的书轮到她读第1页的时候，已经遭受过两轮的空袭了。

所以，你的第1页最好能脱颖而出。

假如你开头的一句话能做到不浇灭她对于小说的直觉好感，同时你开篇的几段话能把她留在你身边，那么，她就会继续翻阅第2页。就开篇数页而言，你大体上时时刻刻都要与经纪人或者组稿编辑全力周旋，希望侥幸免遭厄运。因为一旦遇到退稿，那就是大灾大难了。如果读完前面几页她就对你没有了好感，那么她就一去不回头了。

这就像《公主新娘》中那个可怜的韦斯特利。每天晚上，他的捕手，"恐惧之海盗罗伯茨"送他上床睡觉的时候总会说："晚安，韦斯特利。好好干，好好睡，明天一早我很可能会杀了你。"每一行、每一段、每一页都很可能叫经纪人或编辑在旭日东升的时刻把你的书稿毙掉。你要尽可能长久地"活下去"，这是你的头等大事。到头来，假如你可以硕果仅存地活下来的话，这时等待你的就是荣耀了。

你不仅必须赢得经纪人和编辑的好感，同样，你也要善待读者。你想让别人拨冗读你的小说，或者让他们拒绝很多精彩的电视节目的诱惑而把你的小说一读到底，这就是你翘首以待的情况。假如你连连出错，那么你的魔力就消失殆尽，别的东西就会乘机博得他们的眼球。

几年前，我在寻找一本新的小说来读。于是我去了一趟图书馆，从新书架上轻轻取下十本貌似有趣的书。我把它们摞在一起拿到书桌上，然后逐一翻阅。我一直期待着读到一本引人入胜的好书，然后大呼过瘾。有一本书的开篇很精彩，它抓住了我的眼球。而其中大多数小说都是完败。这些书的开篇要么是背景故事、情节说明，要么是别的一些平淡无奇的东西。它们的语言要么粗钝，要么俗艳，要么内容让人生厌，不一而足。

诚然，这样的判断多属主观臆断，你不能预测到每位读者并且给他带来愉悦。但问题在于，我这样的读者要求小说的开篇就能叫人大呼过瘾，而很多小说的开篇都写得很拙劣。于是乎，我把它们统统放回书架上，回家的时候我只带了一本能吸引我的书。

你属于哪种情况呢？有没有人说过你的小说开篇一贯软弱无力？你是否感觉自己的整部小说都有点儿不对劲儿，预感到自己的小说乍一开篇就脱离了正轨？你想把小说的开头写好，然而你却感觉无从下手，这是否让你感觉一筹莫展呢？或许你希望这本书能够帮你写出很好的开篇。

我也是这样想的。当我写这本书的时候，我自己创办的这家小型独立出版社正要更改会计准则。此前我搞财务报表一直使用的是电子表格软件，但当我们使用这个软件两年之后，电子表格逐渐变得非常难用。每次计算版权费用或者纳税项目，我都要耗费一周时间才能搞定。长此以往，形势日趋严重。于是，在财务顾问的建议下，我决心抛弃电子表格软件转而使用数据库软件。（你可不要分神，我眼下谈论这件事可是有的放矢的!)

我买了一个很不错的数据库软件,然后琢磨如何才能让它在我的出版社派上用场。没过多久,我就被搞得焦头烂额。我不仅根本没有用好数据库软件的优势,而且也闹不明白数据库软件该如何操作,而使用原来那个电子表格软件的时候这一切都可以应付自如。为了做好这件事我浪费了太多的时间,现在不得不两面作战,数据库软件和电子表格软件必须双箭齐发才能做好财务报表。这真叫人抓狂。

于是,我做了任何有理智的人都会做的事:上网到亚马逊网站查询!我找到了一本好书,它讲解了如何精通我所用的数据库软件。读完书评之后我决定冒险一试,为此我甚至把一个亚马逊礼品卡都兑现了。

我在邮箱旁边焦急地等待着。那本神奇的、能帮我解决所有问题的书什么时候能到货呢?我能撑到那个时候吗?

最后,书到了!我撕开了那个上面印着笑脸的小箱子,把制胜法宝从里面掏了出来。这确实是一个大部头。我估摸着,这本书的重量足有我那蹒跚学步的女儿一半的体重。解决之道肯定在这里了。我得救了!

我把它放在办公桌上,摆在电脑显示器前面。我在等待。

我在翘首盼望。

慢慢地,我明白了,即便我眼前的书中包括了所有问题的答案,但单凭这本书我的所有问题并不会得到自行解决。我必须打开这本书,我要啃下这块硬骨头才行。我能啃得下吗?这是一本 1300 页的大部头,真能叫人哭出声来!而且随书附赠的光盘还有 600 多页呢!我是脑子进水了吗?我还能找回自己之前信赖的电子表格软件吗?

我气得脑袋直撞书桌。

老天,从肯尼迪的演讲说起直到头撞书桌,我们已经说了很多,对吧?而且时间还如此短暂。

无论如何，我现在要痛心疾首地对你说，或许这本书确实很不错，但它依然无法帮你写出前50页。不过，假如我能够切实尽职，这本书中的励志语能给你提供激发自身能量的电火花。你会一路走好，乘着涌动的灵感，把开篇的数页写好，而且能走得更远。因为我们选择了登月的伟大事业。我们选择它的原因并非因为它是轻而易举的，而是因为它极具挑战性。另外还有一个原因，那就是尤金·韦尔所说的，"一切荣耀皆起始于最初的胆略。"

太初有道

你的小说开头要搞得轰轰烈烈，这样做不仅是为了让经纪人和编辑能继续翻阅，甚至也不光是为了让读者成为你的拥趸，而且也是为了成就作品的强大冲击力。就结构而言，前50页需要实现一些目标，否则作品的基础就不牢固。

你必须搞定读者，这是第一要务。你必须介绍主人公，必须构建故事的来龙去脉，必须把小说的流派、氛围和剧情世界揭示出来。你还要为自己的作品奠定基调。你还可以道出其中的利害关系，引进反派人物，构建主人公的欲望，启动主要角色的内心旅程，同时你还要设定一个定时炸弹，让时钟滴滴答答地响起来。

在你做所有这些事情的同时，你不想让读者有枯燥乏味之感，不想让读者流失，不想把故事的前因后果都向读者倾囊以授，不想误导读者，不想侮辱读者的智商，也不想向读者露出你的底牌。

写好前五十页是至关重要的，人们往往以为它们才是稿件中最重要的部分。不过，在某种意义上说，它们做的还只是一些面子上的事，你必须把这些事情做好之后才能抵达故事的核心部分，而这个核心属于第二幕的内容。

我最近买了一个电子阅读器。它的包装盒本身就是一个故事的开端,在那张开箱之前需要撕下的纸条上写着:"很久很久以前……"打开盒盖之后,我发现里面的设备展示手法很是高超,让人感觉这个设备是小巧玲珑的,它让我感觉很愉快,我很想用它阅读一本自己很喜欢的新小说。这是一个未经发现的国度,有着人迹未至的风光,其丰富多彩的可能性让人欣喜若狂。

我指导你写好小说的前 50 页正是为了取得这样的效果。

此人何人?

就非虚构图书而言,有些读者并不关心作者是谁,他们只关心如何从中汲取教益。有时候,我也是这样的,具体情况则要取决于这是一本什么样的书。有时候,我希望知道书的作者是谁,在相关问题上他有什么权威说三道四、好为人师呢?假如此时此刻你也有这样的感觉,那么,我就要简单地给你介绍一下杰夫·格尔克是何方神圣。

我在 1994 年进入出版业,当时我得到了三本书的出版合同,我写出了有关未来的系列惊悚小说。迄今为止,我已经发表过六部小说(笔名为杰弗逊·斯科特),其他主题的非虚构类作品我也发表过六部,其中包括三本讲授小说写作技巧的图书。

我曾在三家出版社做过专职编辑,还为数十家出版社做过自由编辑的工作以及创作工作。对于这本书的读者来说,你们尤其要注意的是,我在那些出版社的职位都是组稿编辑。这意味着我读过成千上万部作品的前 50 页。

我筛选作品的大致依据是前面数页的优劣,我挑出来的作品曾多次荣获图书出版奖,其中多部作品获得过年度最佳图书奖。而我本人最近也入围了小说出版业界的年度最佳编辑奖项的最终提名。

2008 年,我自己创办了一家名为马尔谢·洛德的小型出版社,专门出版科幻小说和新潮的魔幻小说。

我定期在美国各地的多个作家研修班上担任培训讲师。无论是参加研修班还是私下辅导作者，我都乐于成人之美，帮助作者写出更好的作品。

于是，我开了一档名为"每周小说写作技巧"的专栏（你可以登录 www.WhereTheMapEnds.com 这个网站免费阅读这些专栏文章）。我还写了好几本小说创作方面的图书，《作家文摘》出版社的《情节与人物：找到伟大小说的平衡点》就是其中之一。别人的夸赞之词常常响在我的耳边，他们说，我有一种最可贵的技能，那就是我能诊断出小说中哪些部分是有效果的，哪些内容是有欠缺的，而且我懂得修补之道。

这给了我写作本书的激情。我希望尽量清晰明了地帮你弄明白前 50 页的创作方法，让作品干净利落地一飞冲天，巧妙地把故事送上预定"轨道"，为读者带来精神享受。

起飞前的检查

《写好前五十页》这本书可以分为两个部分。第一部分帮助你深入了解组稿编辑和经纪人的所思所想，他们是最早读到你的作品的前面数页的人。这样你就会发现：这些人到底需要考虑哪些问题、权衡哪些因素之后才能最终决定你的小说是否值得出版。当你知道他们的具体考量之后，你可以对自己的作品做出正确的调整，这样你就离成功更近了一步。

第二部分全面讲解了小说的前 50 页必须完成哪些任务以及顺利完成所有这些任务的方法。至于如何保持前 50 页的良好势头并且在第 51 页之后继续发扬光大，则是本书最后一章的内容。

在读这本书的时候你会发现，相比之下，我更多地以电影作品而不是小说为例说明问题。虽然我知道你阅读本书的目的是学习小说创作，不过，我也可以问心无愧地为自己辩护。这样做的原因有三。第一，电影是精练的故事讲述方式。就像短篇小说一样，电影也是快节奏的虚构作品。由于电影剧本的创作空间只有120页，而且其中大量篇幅都是空白，编剧必须精准、高效地把握好故事各要素的精髓才能把故事讲好。

第二，电影是普通百姓喜闻乐见的文化产品之一，相对小说而言，电影很可能是你更熟悉的艺术形式。假如我提到了一部你还不熟悉的影片，那么你只需抽出短短的两小时就可以把这部电影看完了。而小说就做不到这一点（当然，这是针对大多数人、大多数小说来说的）。

第三，正如小说的优秀开篇一样，使用电影作为例子说明问题还可以一举多得。这样做不仅能教会你如何写出好小说，还能教会你如何写出好剧本。我不知道你是否服膺我的观点，不过，多年以来跟我打过交道的很多小说家，包括我自己在内，无不打心眼里渴望自己的小说有朝一日被翻拍成电影。既然如此，何不面向电影制片人写出一部易于翻拍成电影的小说呢？既然以坚实的开篇作为基础，你的作品可以在两种媒体之间左右逢源，那何乐而不为呢？

这么一说，你就知道为什么我举例时援引《玩具总动员3》的次数要多于援引《安娜·卡列尼娜》的次数了。还有一点，因为我是从电影院校毕业的，所以电影总是装在我的脑子里，挥之不去。

让我们点燃这根蜡烛

前50页写得非常了不起的小说获得出版的机会是大概率事件。这不能打保票，因为有些作者的"起飞"阶段可能写得很棒，但后来却迷失了航向，或者他们不知道如何落地。不过，可以担保的是，前50页写得稀里糊涂的小说不会有发表的机会。

当肯尼迪的演讲临近尾声时,后台的林登·约翰逊从额头抹去汗水,顶着炎炎烈日,听肯尼迪讲了下面这些话:

"很多年前,有人问过后来死在珠峰上的英国伟大探险家乔治·马洛里,'你为什么要攀登珠峰呢?'他回答说,'因为它就矗立在那儿。'好吧,太空也在那儿。那么我们就要飞上太空。那儿有月亮和行星,也有知识与和平的全新希望。"

作家朋友们,小说的开头也在那儿,而且那儿有惊奇和喜悦的新领域在等待着我们。所以,请大家为这次探险之旅倒计时吧。起飞升空的时间到了。

目 录

第 1 部分　投稿过程

1　开篇的内外环境

　　谈谈投稿信　　　　　　　　　　　　　　　　／ 7
　　样章　　　　　　　　　　　　　　　　　　　／ 11

2　投稿必杀技

　　拉布雷亚沥青坑　　　　　　　　　　　　　　／ 13
　　节拍　　　　　　　　　　　　　　　　　　　／ 15
　　斜体字的对话　　　　　　　　　　　　　　　／ 17
　　拙劣的小说写作技巧　　　　　　　　　　　　／ 21
　　描写　　　　　　　　　　　　　　　　　　　／ 23
　　过早或过小　　　　　　　　　　　　　　　　／ 24
　　注意事项　　　　　　　　　　　　　　　　　／ 26

3　三枚炸弹

　　展示与叙述　　　　　　　　　　　　　　　　／ 28
　　视角　　　　　　　　　　　　　　　　　　　／ 44

| 人物塑造 | / 48 |
| 希望的火种 | / 50 |

第 2 部分　前 50 页必须完成哪些任务

| 管窥未来 | / 55 |

4　吸引读者

不讨人喜欢的主人公	/ 61
如何使你的主人公讨人喜欢	/ 62
吸引读者的其他方式	/ 69
构建情感联系	/ 72

5　主人公的引入

寄予厚望	/ 74
这个人什么样？	/ 75
先写序幕还是第一章？	/ 77
捕捉主人公的本质	/ 78
何不用画面呈现？	/ 80
在移植中发现点子	/ 82
一切取决于此	/ 84
次要人物的介绍	/ 85
第一印象很重要	/ 86

6　建立主人公的常规

| 主人公的常规 | / 90 |
| 让我们感同身受 | / 98 |

7 构建故事世界的常规

等一等，难道这不是叙述吗 / 102
为什么要建立常规？ / 103
故事里的常规 / 106
让我们为改变做好准备 / 107
题材、环境、时代、地点、背景和基调 / 108
做好准备 / 114

8 开启内心的旅程

内心旅程的概观 / 118
打破书籍的均衡 / 123
初始状态 / 125
触发事件 / 127
开始蜕变 / 131

9 如何开始

序幕 / 134
主人公的动作 / 139
从中间写起 / 141
框架手法 / 144
牢记：吸引读者 / 147

10 又一个好乱

坏蛋 / 150
制造悬念 / 157
为什么主人公需要拦路虎 / 163

写好前五十页

11 独幕剧

研究三幕剧结构为哪般	/ 166
三幕剧结构概观	/ 166
三幕剧结构和内心旅程	/ 169
第一幕	/ 171
乱炖	/ 178

12 第一页

第一句话	/ 182
第一页	/ 191
正确的钩子	/ 197

13 第2页至第50页

始终一贯的故事主线：关于前40页	/ 199
双重主人公的介绍	/ 205
主题	/ 206
循环	/ 206
为收获而播种	/ 207
真正的开始	/ 208
续集的前50页	/ 209

14 结 论

| 回到原点 | / 212 |

译后记　　　　　　　　　　　　　　　　　　／ 215

投稿过程

第 1 部分

跻身前列的秘诀是起步走。起步走的秘诀就是把压力山大的复杂任务细化成可以应付的小事，然后从第一件事情开始做起。

——马克·吐温

在接下来的三章中，我要带领你一探组稿编辑的内心世界。我敢打保票，他的内心世界很可怕。可是呢，你的小说的前50页要通过这样的大脑把关之后，你的小说才有出版的机会。所以，我们必须深入这个黑暗的洞穴去一探究竟。

那些尚未在出版社出版过作品的作者往往以为出版社这种单位里的人都是面无表情的，里面的神秘大腕儿都是铁面无私的，他们筛选图书的程序神秘兮兮，最后做出出版与否的决定，而这些决定有时英明无比，有时则显得莫名其妙。最后的谜底被一层层神秘感包裹着放置在一个迷宫里面。

其实，出版公司跟其他类型的公司没有什么两样。这儿的工作人员也是跟你一模一样的人，倘使把你放在他们的位子上，你也一样能做出这些决定。关键并不在于如何揭开外星人神秘的思维程序，而是要大概了解一下，在这个人读前50页的时候，他心里究竟需要考量哪些因素。

从这个角度出发得到的见解可以帮助你把小说的开头写得更好，因为你知道自己的小说开篇将在什么样的竞技场上展开角逐。

1

开篇的内外环境

> 起初，宇宙被开创出来。这件事当时就曾惹起众怒，后来一直被人们公认为是一个糟糕的主意。
>
> ——道格拉斯·亚当斯

在你的前 50 页得到组稿编辑的认真审阅之前，其实早在你投递的稿件来到她的手上之前，她的脑子里就一直在思考很多别的事情。

第一，她简直忙碌得不可想象，她很可能无法忙里偷闲地把自己关到一个偏僻的角落里，把投稿信和稿件都通读一遍。经纪人或者其他渠道投送来的稿件已经积压成堆了。这堆稿件被戏称为"烂泥堆"。可是，她知道自己必须发现小说新品，以便填补新书推出时间表上的空当。她知道自己必须发现小说新秀，这样既有利于出版社的长远发展，又能保住自己的饭碗。出版社的编辑经常像走马灯一样换来换去，正如落败的橄榄球队往往频繁更换主教练一样。于是，她知道自己必须为球队赢得几次达阵，而这就迫使她发现新的好书。

我所说的"好书"未必是写得很好的书或者文学价值较高的作品。我说的是销售业绩良好的书。在出版社里，人们把编辑看成智囊，他们端坐于象牙塔内，满脑子想的都是济慈、弥尔顿、莎士比亚这样高妙的构思。他们大都喜爱优秀的作品，尤其是精品小说，他们更加重视精妙的创作技巧以及潜在的文学贡献，重视程度甚至超过了对俗事的考量，比如售书赚钱以便保持公司正常运转以及支付电费这样的俗务。

这些拿着低薪、胸怀大志的编辑还要在心里掂量第二个问题：她能否从面前的一堆书稿中间发现一本可以让出版社赚得盆满钵满的书稿呢？残酷的现实让她明白，她的任务不是发现福克纳、斯坦贝克、福斯特这样名垂青史的作家，而是能赚大钱的印钞机。这样的书籍才是现金奶牛。这样的书行销畅旺，一开张就能让出版社吃上半年。

虽说我们那位胸怀大志的女编辑知道这一切，但她仍然对很棒的小说情有独钟，语言精练的大师级作品仍然叫她刮目相看。所以，她毅然决然、全心全意地想要发现写得最棒的小说，这样的小说才有可能成为出版社的印钞机。到头来，或许一部作品让她感觉糟糕，但同时她也知道这部作品肯定能畅销，这样的书也许是她不得已的选择，不过，在最后通牒到来之前，她依然想尽量兼顾质量与效益。当她阅读你的前50页的时候，她希望你能帮她做到名利双收。

如果编辑能够不顾盈亏地出版一部自己喜爱的小说，这自然很好，不过，这样的做法并非常态。只有独立出版商和像我这样的小出版社才会做这样的事情，不过，这个话题是我们在另一本书里要探讨的。

你的前50页的审阅者精神压力很大，她不知道能不能保住自己的饭碗。她天天累得要死，在阅读稿件的时候要顶住重重压力，与此同时，她没有足够的审稿时间，急欲发现写得很好而且很能赚钱的小说。

大体上，文学经纪人和编辑青睐同样的小说作品，不过，经纪人的烂泥堆要比编辑的烂泥堆高出许多，而在质量方面比后者又逊色不少。一般来说，经纪人欢迎任何人给他发电子邮件，而大型出版社的编辑则要屏蔽这些信息。她收到的稿件是由经纪人把过关的。此前，经纪人已经彻底把真正的烂泥堆清理干净,把前景最好的稿件挑了出来。

最好的经纪人是那些曾经做过组稿编辑的经纪人,因为这种阅历让他们深知自己的客户即出版社的组稿编辑们心里有哪些考量,哪些作品能入他们的法眼。所以,当经纪人阅读你的前50页的时候,虽说他也许很忙、很累,但是他不须像编辑那样担心如何保住饭碗儿。精心构思的作品或许未必是他的兴趣所在,可是他知道有些客户对此感兴趣,由此他也能大概知道在客户眼里优秀的小说创作手法是什么样的,然后他就会把这方面的知识应用到自己从烂泥堆里淘金的事业中去。

大体上讲,经纪人急欲找到那些很有可能大卖特卖的畅销书。经纪人要把书稿推荐给编辑,他知道编辑也很关心一本书能否畅销,而且他清楚出版业务的游戏规则。他知道,清心寡欲的专职编辑并非出版业务的最终决策者,出版社负责销售和经营的副总才是决策人。所以,他现在想到的是未来要召开的出版业务委员会会议。当经纪人阅读前50页的时候,他心里就开始惦记书稿在终点冲线的事情了。

你原以为出版业务只是出版商推出可能有人气的图书而已。其实事情没那么简单,不过,这个决策机制也绝非一个黑盒。你只要明白,出版社就是一家企业而已。其实,这更像是一场赌博。不过,我还是要坚持说这是一种"营生"。

谈谈投稿信

现在,你已经摸清了组稿编辑的想法。她要在百忙之中审读一大堆的书稿,或许周末她还得把一叠稿件拿回家里审阅。她给自己设定的目标是一连读完一百份稿件,然后再浮出水面松一口气。她心里牢记着我们前面谈到的一切,但同时她也真心希望自己能找到几块瑰丽的宝石。然后,当她打开第一封邮件或者邮件里的第一个附件之后,正式的工作就开始了。

小说稿件有两个主要的组成部分：封面材料和样章。封面材料包括一封投稿信，还有各种各样的简介以及卖点，这就像是煎牛排时发出的诱人的"嘶嘶"声。此外，作者简历和出版成就也要包括进来，也许还会附上同类书籍的市场分析以及单页的故事梗概（这是"牛排"）。样章的内容则包括小说前 30 页或者前 50 页的全部内容。

前 50 页。

正如我们所看到的，有的编辑和经纪人会跳过其他一切步骤，直接进行样章阅读环节。当然，封面材料是至关重要的，没有封面材料就算不上是正式的稿件，但编辑关注的焦点是你的写作水平和故事情节。

与此同时，她也很想尽快读完一百份这样的稿件。假如你的稿子被排在第 62 位，这时她的大脑已经有些麻木了。她已经找到了几个貌似有戏的稿子，这些稿子被她单独列出，她打算与经纪人取得联系，要求对方把完整的稿件投递过来。（提示：假如你是一位初出茅庐的作者，你最好将初稿完整地写出来，否则你就得不到认真的对待，所以如果你的稿子还没有写完，那么你甚至都不要与经纪人取得联系。）

现在，她打开你的稿件并开始阅读。她希望这本书非常美妙，不过凭自己的经验判断，她知道凶多吉少才是常态。

或许在你的稿件中她很快就找到几种异常情况，然后她马上就把你的稿件否决掉了。比如，你把非虚构类的稿件投送到了一家仅仅发表虚构小说的出版社。再如，你把一本撒旦式的恐怖小说投送到了思想保守的基督教出版社。或者说，你的稿件写作没有遵守出版社的写作指引。又或者说，你的稿件是一份不请自来的稿件，而且投稿之前也没有与出版社取得联系。或者你的小说讲述的是一个男人的探险故事，而你投稿的出版社却只发表浪漫言情小说。只要花 15 分钟了解一下这家出版社或者经纪人的概况，你就可以避免许多诸如此类的错误。

再者，有一些因素在编辑眼里是清清楚楚的情况，而你却是做梦也想不到的。比如，你的浪漫喜剧小说讲述了一个吸血鬼的爱情故事，而你的书酷似他们正在推出的另一本。或者出版社的销售部刚刚宣布，未来两年他们不再销售有关阿米什人的小说，而你的小说恰好是这样的小说。或者社里的领导给编辑下了任务，除了半机器人的科幻小说之外其他小说一概不准提交，而且小说里要涉及一种可以让人长生不老的药物，而你的小说根本不沾边儿。

总会有一些未知的因素影响你的小说将得到怎样的待遇。对于这样的事情你是无能为力的，你担心这些事情也只是杞人忧天。你只管在自己力所能及的范围内专注于写到最好，为了投稿，你只管在前50页范围内发挥出自己的最好水平，其他情况你就听天由命好了。

但是，假设你的稿件已经通过了所有这些难关，你的小说仍然萦绕在编辑的脑际。她喜欢你的封面材料，然后她准备品评一下你的前50页。这时你至少已经先下一城了。

自媒体时代

值得一提的是，迄今为止我所谈论的情况都属于传统的出版业务，而这个行业已经日趋没落，有淡出历史舞台的可能性。不管是因为经济的长期衰退或者是因为技术创新催生的新型出版模式，传统出版业已经日薄西山了。越来越多的小出版社如雨后春笋般涌现出来，这些出版社连个副总编都没有。另外，微型出版、小众出版、自助出版的市场认可度正在逐步提升。

随着传统书店的经营濒临绝境，出版社只想出版那些万无一失的畅销书，也就是那些最近的畅销书作者所写的书。于是，那些尚未出版过作品的作者，甚至位居中游的作者都开始问下面的问题："且慢，既然如此，请你再次回答我，对于我来说出版商又有何用呢？"

几十年来，书店与出版社这对搭档一直是权力集团的核心，它们决定哪种小说要出版，哪种小说不能出版。现在，书店频频倒闭，导致的后果是许多传统出版社已经日薄西山了。旧的权力集团是衰落了，那些一辈子因为没有写出适销对路的作品而被边缘化的作家们开始迎来希望的朝阳。对于那些采用崭新的手法、风格或者流派的小说家们来说，这是一个极佳的机遇。我们正处于出版业的革命时期，这场革命有利于那些曾经饱受压迫的小说家，我喜欢把它称为作者的复仇。

许多作者都毅然决然地告别了传统的出版模式而去尝试另一条路线。这些作家另辟蹊径、另起炉灶的做法是我所鼓励的。然而，这种新模式也是一柄双刃剑。我想提出其中一个劣势——这个新模式缺少了审稿这个环节。

如果你选择自己发表小说或者让微型出版社发表小说，而这些出版社很少提供专业的编辑建议，那么你根本就不用注意我在本章中提到的东西了。在这种情况下，不管你的小说是好是坏，你都能得到出版的机会。你不必担心经纪人或者编辑会拒绝你的稿件。这时，下面这样的做法就会很有诱惑力：干脆把写作技巧全部抛到脑后，即使技能低劣或者前50页写得很糟都无法成为你出版小说的拦路虎。你还有什么好担心的呢？

显然你没有认识到这一点，不然眼下你就不会成为这本书的读者了。你一心想着使出浑身解数创作出技艺精纯的小说开篇。我为你鼓掌加油。

你只要知道，对于别人，尤其是那些自己发表作品的小说家来说，他们可能根本不知道你为什么要花大力气写小说的前50页或者其他部分。你自己当然知道其中的道理，不过他们可能不懂这一点。如果你决定自己出版或者找那些连正经八百的编辑都没有的微型出版社，那么，我建议你给自己聘请一位资深的小说编辑，这样你才能确保自己的小说可以达到较高的编校水平。

我非常相信小众出版，因为我自己的出版公司做的也是小众出版。不过，为了让自己的小说臻于完美，除了外围因素之外，你还必须拥有更多的东西。那就是一种追求卓越的决心，这能让你的小说与我们身边那些一闪而过的匆匆过客型小说拉开距离，从而给自己的小说一个永垂不朽的机会。

样章

遗憾的是，把自己审阅的多数稿件否决掉是组稿编辑或者经纪人的职责之一。因此，虽然她殷切希望：你的章节写得很好，你的稿件她也很喜欢；但是与此同时她也做好了你的稿件不如预期的准备，她希望自己在审阅你的书稿的短暂时间内能够对书稿的好坏做出泾渭分明的判断。

《写好前五十页》这本书讲的全是精彩的小说开篇需要具备哪些要素。但是，我们要花一分钟时间探讨一下哪些内容不适合安排在小说的开头部分。如果你希望编辑继续审阅你的稿件，你就需要回避这些陷阱。在本书的第二部分，我们将讨论如何创作精彩的开篇。不过，我们还是先来谈谈如何避免写出不好的开篇。

多年来，我审阅过数以万计百花争艳的小说开篇，我把那些反复出现的常见病编成一个列表。用防患于未然的态度阅读这个列表能帮助你回避同类的错误，也能让你尽早认识到好的开篇应该包括哪些要素。

其中有些负面因素是本章要探讨的。我们在本书后面的章节中将对其余的负面因素作正面诠释。

我（以及整个出版业界的经纪人和编辑）的退稿原因如下所示：

- 绵软无力的首句
- 以梦境开头的稿件

- 没有吸引眼球的包袱
- 叙述而非展示
- 视角人物错误
- 人物肤浅干瘪
- 推进和描写没有节奏感
- 斜体字的对话
- 小说写作技巧拙劣
- 人物描写及场景描写不够丰满（或者细节向读者披露得太晚）
- 主要剧情启动得过早
- 故事中的倒叙内容插入过早
- 跳转到一个新的视角人物过早
- 冲突太少
- 缺乏赌注或者"定时炸弹"

上述某一个理由未必能让组稿编辑做出退稿的决定。比如，假如一部小说的首句是绵软无力的，还并不足以说明整部小说都一无是处。更好的首句往往可能潜伏在第一页的某个地方。这个问题可以通过编辑工作给予解决。但是假如问题成堆的话，即便只有两三种错误，尤其在这些错误都出现在前面数页的情况下，这本书就没戏了。

在第二章中，我们将逐一讨论这些问题。

2

投稿必杀技

> 不善始者不善终。
>
> ——欧里庇得斯

前面说过，我经常在作家研修班上当培训师。有一次我开了一门课程，它的名称很啰唆："小说吃编辑闭门羹的三大错误及其纠错方案。"

我在那个课堂上谈到的错误足有 20 种之多。其中名列前茅的三大错误是相当严重的，这正是本书第三章要探讨的主题，不过，我在这里先要综述一下其他的错误。

上次我们说到，一位坚忍不拔的编辑正要坐下来审阅你的样章。在工作中她见过的稿件太多了，这足以让她在前面数页马上发现有预警意义的苗头。

在第 1 章，我列举了几种编辑希望稿件中不要出现的错误，但你在开头几章中出现这样的错误或多或少也是符合她的预期的。让我们来看看吧。

拉布雷亚沥青坑

乏味的首句是一个稿件的杀手。你的首句只有一个，所以你一定要精心琢磨。第一句千万不要写诸如"杰克下了车"之类的话。不能在小说的首句就让人下车。我这样说似乎有点儿开玩笑，不过，这样的开头早就变成了俗套，有些经纪人和编辑确实单凭这一点就会退稿。

既然说到了俗套，你写小说的时候请不要从梦境开始写起。这样做的作者不在少数，因为他们以为小说由行动开场是理所当然的，这是好事。但是，如果在他们原来的规划中这部小说的开头部分行动不多，他们就自以为是地认为可以用一些戏剧性的场面抓住读者的眼球。接下来，等人物从梦中醒来之后，我们才知道这一切只是一场梦而已。这个办法很有可能惹恼读者，经纪人或者编辑也会把你的书打入冷宫。

开篇的几句话必须能抓住读者。你的开场锣鼓必须是动作场面。但是，这并不是说你必须采用打斗的场面，或者需要把什么东西炸成稀巴烂。这只是说明小说的开头必须能引起读者的兴趣。在你眼里，或许下面这样的场景很迷人：主人公所在的城市上空乌云翻滚；或许你急于让读者进入主人公的心理状态，但是你的小说开头一定要吸引读者。

本书的这一话题以及其他很多话题会让你理所当然地感觉到，自己似乎不是一个小说家，而是一个影视编剧。当你考虑自己的小说应该如何开场的时候，你确实需要把一部小说当做一部电影看待。如果要把你的开场构思呈现在影院观众的眼前，它能取得什么样的效果呢？

久久地拍摄乱云飞渡的镜头可以吗？太无聊了。一个人坐在那里思考问题可以吗？这也太懒散了。确实，开头你应该让人物做一些事，尤其是有趣的事情。这些事虽说不能是稀松平常的，但也不必惊天动地，比如搭建帐篷或者照看蜂箱，电影或者小说以这些事情开场也是吸引人的。

在下一章里，我还要详细解释展示与叙述的差别、视角、人物这些问题。所以，眼下我无须赘述。你只需要明白，这三大错误是让编辑和经纪人做出退稿决定的罪魁祸首。

节拍

节拍是人物对话中出现的叙事单位。举例来说，下面这段话摘自萨拉·格鲁恩的小说《给大象的水》：

"哦，在这儿，"黑兹尔叫道。"我们看看雅各吧。"
她把多莉的小推车向后拉回来点，慢吞吞地在我身边走着，双手紧握，浑浊的眼睛里闪烁着泪光。"哦，这太令人兴奋了！他们整个上午都在做这事呢！"

在此段中，非对话的那一句就是一个节拍。这个简单句完成了三项任务：它告诉我们"舞台"上发生了什么事情，让我们熟悉场景的设置，另外还提供了一个缓冲区，用戏剧术语来说，这是一个沉默不语的"默拍"，它把两个人物之间的对话隔开了。

如果没有节拍，对话的场面就容易让人感觉突兀而笨拙，脱离了现实场景的对话就会让说话人之间你来我往的对话变得干巴巴。下面的对话摘自马克·斯库利的小说《考尼格之火》，其中没有任何节拍：

"很高兴见到你，戈特。我认为在这个洞里我们不必顾忌一切繁文缛节。"
"您和我们前任中尉可是不一样。"
"哪不一样？"
"以前我从来没跟长官握过手。"
"这样做能让你觉得更有尊严吗，我很怀疑。这跟面子有什么关系呢?"

"先生,我可以直说吗?"

"当然。"

"我怀疑这样让我更没有尊严。"

"也许不会吧,上士。你算是哪一类纳粹呢,黑头发、黑眼睛的?"

"先生,一个人是不是纳粹不能单凭长相,而要看他的行为。我们还是甭提这个了,先生。如果你盯着它太久,你的心情都会受到影响。我们从来不提它。"

这个段落读起来感觉如何?对话相当不错,但是你是否感觉它有点儿过于突兀了呢?这里的对话仿佛是从机关枪里突然发出的,对吧?除了对话之外,你能不能感觉到人物身处何方或者在做什么事情?此外,你还可能感觉有点儿迷茫,似乎自己的眼睛错过了一些事情,尤其是在这个段落的结尾处。

这是因为这个段落里没有节拍。

把原来的节拍恢复之后,原文是这样写的:

"很高兴见到你,戈特。我认为在这个洞里我们不必顾忌一切繁文缛节。"我伸出手准备与他握手。

戈特似乎想弄清楚我伸出手来是不是要跟他握手,因为我的手刚才还放在花岗岩上面,然后他才跟我握了握手。他的手很软,但握手时却很有力。"您和我们前任中尉可是不一样。"

"哪不一样?"

"以前我从来没跟长官握过手。"

"这样做能让你觉得更有尊严吗,我很怀疑。这跟面子有什么关系呢?"

"先生，我可以直说吗？"

我点点头。"当然。"

"我怀疑这样让我更没有尊严。"透过厚厚的镜片，戈特睁大眼睛看着我。我很清楚他这是在端详我，他的目光是一扫而过而又炯炯有神的，可是仿佛他是隔着一个鱼缸在看着我。无论我们戴不戴眼镜，我都记不起来曾有人如此仔细地端详过别人。

"也许不会吧，上士。你算是哪一类纳粹呢，黑头发、黑眼睛的？"我观察了戈特的反应。两个人可以跳一支舞。

"先生，一个人是不是纳粹不能单凭他的长相，而要看他的行为。"在镜片后面，他的眼神没有丝毫退缩。他转过身，用手指着那个花岗岩般的脸。"我们还是甭提这个了，先生。如果你盯着它太久，你的心情都会受到影响。我们从来不提它。"

现在这样意义就更清楚了，不是吗？你有没有注意到节拍变化对于口头对话的节奏产生了影响？节拍意味着对话的暂停。如果你想在对话之中暗示一个较长的停顿，那就把节拍写得长一些。短的节拍等于短暂的停顿。

此外，还要注意到节拍能把对话与场景联系起来。它们让你明白在这个场景中正在发生什么事情，人物之间的相互关系如何。如果说对话是电影的音频轨道，那么节拍就是视频轨道。

同时，节拍也能向我们说明视角人物的思想和感受，比如这个人物发现戈特的手很柔软，同时也感觉到他握手时很有力量。

节拍是你的朋友。使用好它们，你的开篇慢慢地就会拥有大师作品的质感。

斜体字的对话

这本书并不指导你如何编写对话。我之所以提到这一点，是因为假如你想让经纪人或者编辑继续读下去，而不把你的稿件扔到退稿堆里，那么你的前 50 页中必须力戒糟糕的对话。我就认识这样的编辑，他们先跳过稿件中的其他一切内容，直奔自己发现的第一处对话，然后开始阅读。

为了让小说中的对话产生效果，它必须是现实的、分层的，而且对话必须符合人物的性格特点以及人物当时的处境。

我喜欢把不切实际的对话称为"一切正常"的对话：

"亲爱的，珍妮，今天你看起来很快活呀。"
"是的，查尔斯，我很快活。你想知道为什么吗？"
"想呀，我想知道为什么你今天很快活。请你告诉我吧。"
"谢谢你。我会告诉你。我是因为我姑姑的事情而感觉快活。"
"你姑姑？请问你姑姑怎么能让你快活呢？"
"哦，查尔斯，你真傻。我姑姑让我快活，因为她就在这里。"
"我不傻。只是我还不知道你姑姑在这里。"

两个人物就这样哇啦哇啦地说个没完。上面的对话可能是虚头巴脑的：人物彬彬有礼地一问一答，契合无间，就像查尔斯和珍妮这样。现实一点儿的对话一般是下面这样的：

"亲爱的，珍妮，今天你看起来很快活。"
"哦，是吗？嗯。我想这是因为我姑姑。"
查尔斯额头一皱。"等一下，你的姑姑吉莱斯皮吗？"
"不是啦。查尔斯，我的姑姑吉莱斯皮已经去世两年了。"
"哦。"

她耸耸肩。"别说了，我说的是我的姑姑伊莱恩。她的到来总让我高兴得不得了。"

"怎么会这样呢？"

这个对话仍然还算不上优秀，不过至少给人的感觉更贴近现实。

好的对话还要有分层。在戏剧行业，就是所谓的潜台词。演员不仅要学会说自己的台词，还要知道台词背后的用意。这样做有一个好处，假如他们在舞台上忘了原来的台词，还可以即兴说一些效果相当的话来完成表演。

在好的对话，即具有潜台词的对话当中，人物不必就对方所说的话作出反应，他们呼应的是自己对于对方的言外之意的理解：

"亲爱的，珍妮，今天你看起来很快活。"

她叫嚷道："我没喝酒，对吧？"

查尔斯看来很惊讶："嘿，我本来不打算提这件事的。不过，既然你这么说了……"

"亲爱的，查尔斯，"珍妮有点儿嘲弄地说，"看来你今天傻气少了一些。"

他笑了："至少这股傻气是你与生俱来的东西。"

她冲着他说："那什么不是呢？"

"你知道的。"

或者其他什么。这样的对话给人生动逼真的感觉。假如有人对你说"你今天貌似做成了不少事儿嘛"，如果不琢磨她这句话的言外之意，你就会丈二和尚摸不着头脑。最近有人这样对你说话吗？要给自己写的对话加上潜台词，这样一来，经纪人、编辑和读者想要爱上你的小说就更容易了。

　　最后，请保证你写的对话符合人物的性格以及剧情的需要。如果你的小说写作水平尚未达到炉火纯青的地步，那么下面这种情况肯定是你露出的马脚之一，即你的人物让人感觉肤浅、单薄而且缺乏区分度。我们在下一章还要对这一点展开讨论，但眼下你只需要弄明白这一点，即人物的言谈是不一样的，这取决于他们不同的身份特点以及他们所处的不同情境。

　　　　"嗯。帮你，我行。"

　　你能否通过这句话确定这个人物是谁呢？说这句话的是电影《星球大战》中的尤达。他独有的说话风格让我们认出了他。可是，你也不必为每个人物都新创一种句法。但是，假如尤达说的话猛然间从"吃这样的食物，你怎么可能长得这么壮？"变成了"对不起，亲爱的，不过，你的帽子一直搁在长沙发上"，那么，人物在读者心目中的可信度以及作品本身的可信度就都被你弄得荡然无存了。你要保证人物的对话符合人物自身的地位。

　　此外，你还要保证人物的对话是合乎时宜的。假如你让两个人物游到大海里去营救一个人，那么他们就不应该有下面这样的谈话：

　　　　"哎，托马斯，当我们接近那个泳者的时候，我们必须格外小心。我准备从他的身后采取行动，我要果断、有力地用胳膊把他拦腰抱紧，这样就等于对你说我控制住了他。"
　　　　"那样很好，塞巴斯蒂安。我必须注意观察并给你提供协助。"

　　为了让对话显得真实，很可能你的对话要像下面这样写：

"别过来，"塞巴斯蒂安说，嘴里吐出海水。"我要……到背后……抱住他。"

"什么？"

"必须……抱紧。"他上气不接下气地说。

托马斯担心塞巴斯蒂安已经没有力气做到这一点。

"你确定能行吗？"

"对。一定要让他知道……谁控制了谁。"

"那好吧。我就待在这儿了。"

精彩的对话未必能帮你搞定一份出版合同，但糟糕的对话往往足以让你与成功失之交臂。组稿编辑和经纪人如果发现你的小说中的对话是蹩脚的、不切实际的，那么他们就会拒绝出版你的小说。

拙劣的小说写作技巧

这类错误包罗万象。包括技巧方面的瑕疵，这样的瑕疵本身是无关大局的，但往往是小说创作技巧未臻成熟的标志。在一定程度上讲，这类瑕疵均是因人而异的主观错误，编辑或经纪人对它们的判断也是因人而异的。不过，假如这些瑕疵出现在你的前 50 页里面，它们仍然会让你的书稿遭到退稿的厄运。

比如，我自己也有一个毛病，喜欢在句子的开头使用关联短语，尤其是那些跟后句沾不上边儿的关联短语。

由于金在路易斯安那州长大，他决定要一个三明治。

由于约翰在大学时代一直收集豆袋公仔，他是个左撇子。

这样做的原因往往是想用一句话表达过多的内容。作者觉得自己必须把所有信息都融入一个句子中，但又不想在这方面花费太多的时间，所以他就将两个以上的元素像鹅卵石一样码放在一起，并在中间用一个逗号把它们分隔开来。

如果编辑看到前50页里面有太多这样的短语，他就会拒绝这本书。

此外还有一种拙劣的写作手法，反正在我看来这是拙劣的笔法，即作者使用修饰的动词，而不使用"说"或"问"这样的字眼。

"为什么，是的，"他哼哧着。

"你没有，"她压低声音。

"不！"他结结巴巴道。

"为什么？"她怀疑。

"也许是你的坏习惯，"他想。

"这不可能，"她叹了口气。

"你笑死我了，"他笑着。

"现在够了！"他吼道。

"什么火腿，"她笑了。

另外，这里还有一些我最喜欢用的修饰语：

"对，"他表示同意。

"对不起，"她道了歉。

哈哈哈！不要再这样胡写了！

现在，我知道作者为什么要这样写了。老师指导学生写作文的时候，大体上会要求大家使用丰富多彩的词汇，而且要避开自己的口头禅或用得太滥的词语。这样的教导确实很好。但是，在写人物对话的修饰语方面，你需要让自己隐身起来。你想让读者注意人物所说的话，而不是你自作聪明的辞藻。

读者对于一小部分的对话修饰语是视而不见的。这些词语包括：说、问、大喊、低声道。此外或许还有六七个词也是这样的。

请注意，它们都有一个共同点，即它们都是涉及具体说话内容的动词。你有没有试过把一句台词像机关枪一样咆哮着说出来？那就请你试试吧，你做不到。你既可以咆哮着说话，也可以侃侃而谈，但你不能同时做到这两点。你能大笑着说出大家能听到的话吗？你能微笑着说出话来吗？

即便有些词语是可以说出话来的，你也要避免这样的词，比如"吱一声"、"念经一样"和"辱骂"。它们只会让人感觉突兀，而且这些词的意义可能已经蕴含于说话的内容之中了。就拿"辱骂"这个词来说吧，你只要写了"'你这白痴'，他说"，就可以把疑问留给读者，他们肯定知道这话是骂人的。

拙劣的小说技巧是组稿编辑留心关注的。即便她并不知这些拙劣技巧的所有名目，但假如稿件中有的话，她马上就能发现问题。你要确保自己的书里没有这些东西，除了追求精益求精的写作技巧之外，你对此也是无能为力的。我在第三章中谈到一些大问题，当你在这些大的技巧问题方面得到提高之后，解决这些琐碎的小问题都是水到渠成的事情。

描写

在小说理论界有这么一个流派，他们认为作者不应该在书里做场景描写或者人物描写。"让读者自己看到场景和人物吧，"这是隐士的风格，"我永远不会替代读者做出任何决定。"

我不属于这个流派。

在我看来，做出不事描摹这个决定往往并不是为了追求艺术自由，而更像是偷懒。作者想卸下这副重担，他再也不必确定人物或者事物到底是什么模样，更谈不上向读者传达人与物的形象了。这样做会让读者茫然而无所依归，同时人物形象则面目模糊，场景也像易变的星云一样不可捉摸。

至于令人满意的描写需要哪些写作手法我们在此就不做详细介绍了，不过，我建议你把书中的每一个新场景和新人物都描写一下，至少在你初次把它们引入小说的时候，要想一想自己该如何描写它们。能否再写一点儿具体的感受？你可以加上这样的文字（"房子足有壁球场那么大"），再贴上人物的照片（"他长得像一个小一号的猫王"），或者写一写鲜明的细部特征？你要抓住机会描写一下周边环境的明暗、天气的情况以及舞台上的人物数量和相对位置。

对于人物来说，他们的首秀需要你描写一下。对于人物来说，当视角人物第一次注意到他们的时候，你最好做一个人物描写，因为这时候读者也很想知道他们的相貌。对于场景来说，假如一场戏发生在一个新的地点，那么你的场面描写应该出现在第一页结束之前。

当我审阅作者的前面数页的时候，假如我的脑子里无法浮现出地点或人物的画面，那么我就读不下去了。大多数编辑和经纪人也不可能再读下去。

过早或过小

一本小说遭到退稿，可能是因为作者把某些事情做得太早，或者有些方面做得不够到位。后面几章我要认真讨论这些问题，因此在这里我只是蜻蜓点水式地评论一下。

一个常见的错误是作者从小说的第一页开始就直接切入主要的剧情。在前面的几段里，作者就让泰坦尼克号撞上了冰山，或者让兴登堡着火了，或者让意中人宣布她要搬家了。在第一页，故事里的人物还没有让大家产生兴趣，所以，与其在第一页就撂下大炸弹，还不如不这样做的效果好。

我不喜欢倒叙手法或者嵌入框架的手法（作者只用一个时代的剪影就把故事的全部内容一网打尽，而整个故事都是倒叙的内容），但是，这基本上是一个个人主观好恶的问题。即便如此，假如你从故事开始的时代出发，匆匆忙忙地推进到下一个时代也是一种错误。读者对于第一个时代还没有什么感觉呢，假如这时你突然跳到了下一个时代，那么读者肯定跟不上你的步伐。

有些小说作者引入的视角人物不仅数量庞大，而且引入时间过早。在小说的第 1 页，我们刚刚见到了弗吉尼亚，她很想到南加州大学的电影学院求学。而到了第 15 页，我们又遇到了杰罗姆，今年是他在秘鲁当传教士的第 17 个年头了。在第 2 页我们遇到卓，虽然父母希望她离开四川老家，不过她仍然住在那儿。在第 3 页 3/4 的地方，我们又遇到了欧泊，她掏不起看病的钱。如此这般，一个紧接着一个的新角色和故事线索一拥而上。这就好比你在跟一个手持遥控器不断调台的人一起看电视。

作者这样做的目的无非是想向大家炫耀这本书有多么有趣、作者的涉猎范围如何包罗万象而已。但是，这样做是不对的。读者还没有真正弄明白弗吉尼亚是什么样的人，而你却跑去介绍杰罗姆了。你让读者暂且不管前面的人物而去关心下面的人物。单就吸引读者眼球而言，你就根本没有办法让读者融入到剧情之中。

编辑和经纪人认为这样的东西是值得他们留意的。如果你在前 50 页或者前 10 页内引入了那些本应等到后面才能引入的要素，甚至你引入了那些压根儿就不该引入的要素，那么，你的小说就可能遭到退稿的厄运。

还有一种可能性，你在前面数页中把某些事物介绍得太少了。

比如冲突写得过少。假如你的第 1 页让人看起来这本书要写的是别人的新花坛里长出来的奇葩，那么你就会吃闭门羹。如果小说的前面数页让人感觉你好像要写 1972 年的和平静坐事件，那么你的好运气也就到头了。小说就是冲突：有人想要得到什么东西，但是迫于重重阻力无法得手。没有冲突，小说不能出版就是大概率事件了。编辑在你的前 50 页范围内寻找的就是冲突的苗头。

假如你的第 1 页没有赌注或者悬念，那么等待你的小说的是另外一种麻烦。如果你的小说里没有任何危在旦夕、险象环生的情况（读者关注的事情），那么读者就不会掏腰包买你的书了。所以，假如小说的开头是你的主人飞快地赶回家去参加一次聚会，假如他不能及时赶到，他也只不过是迟到一会儿而已，这样的写法就会让人昏昏欲睡，等待这个稿件的很可能是退稿信。

注意事项

或许你已经注意到了，该做的事情与不该做的事情是恰好相反的。你的场景描写要做到栩栩如生，你的对话要写得贴近现实，你应该使用节拍来调控对话场面的节奏和步调。在这本书里我主要是以正面的角度看待这些问题。不过，我更希望能让你把它们看成应该避免踩上的地雷。

下面我们说一说错误三巨头吧，这三大错误会打消编辑出版你的小说的念头。我们还将谈一谈避免这三大错误的途径，而不是一味地抱怨编辑。

3

三枚炸弹

> 对于任何作品来说开篇都是最重要的，对于年轻稚嫩的读者来说尤其如此；因为这时他们处于人格的形成期，他们也更容易接受理想的烙印。
>
> ——柏拉图

我们再用一章的篇幅深入组稿编辑或经纪人的心灵深处，以便了解他们的所思所想。我们这一章要讨论小说写作技巧中的三大问题，这些问题最容易导致经纪人或者编辑退稿。如果在前50页中出现了其中的一个或多个严重错误，这本书稿遭到退稿的概率就相当大了。

并不是说每个编辑遇到这样的情况都会退稿，也不是说此类错误频出的大多数小说都没有出版的机会。不过，绝大多数的编辑和经纪人，如果他们重视小说的写作技巧，而且他们对此情有独钟的话，那些确有这三大错误的稿件就会吃闭门羹。

这三大炸弹是指：叙述而非展示、错误的视角以及薄弱的人物。其他出版业内人士或许还会在我的清单上再加上一些东西，或者用别的东西替换清单中的内容，不过你会发现这个清单几乎是业内的一项共识。

这本书对于小说创作技巧的论述并非泛泛而论，所以我不能随心所欲地对这些问题进行详尽的分析。坦率地说，每一个话题都可以写出整整一部书。比如，劳瑞·阿尔贝茨就曾写过一本名叫《展示与叙述》的专著。艾丽西亚·拉斯利则写过一本名叫《视角的力量》的书。关于人物塑造，我已经完成了一本名叫《情节与人物》的书，这本书也是由《作家文摘》出版社出版的。

在此，我只想给你介绍每一主题的皮毛，以及它们能够减少稿件出版机会的原因是什么，然后再告诉你该如何克服这些毛病。

展示与叙述

展示与叙述的问题是小说写作技巧的一个方面。它的头号问题在于违反常识。当我们与别人礼貌交谈的时候，我们知道自己必须先把一些关键的细节告诉听者，否则的话我们讲的故事难免让听者感觉茫然。

假如我告诉你"答案是7"，或许你压根儿不知道我在说什么。但是假如我先对你说过下面的话："前些日子我看了电影《白雪公主》。你能告诉我这部电影里有多少个小矮人吗？"接下来我再说，"答案是7"。这时候，你肯定知道我在说什么。

在礼貌的交谈中，包括几乎所有非虚构的人际沟通，无论是演讲、产品说明书还是电子邮件，你必须事先为接收信息的人提供一些基本信息，然后她才能弄懂你接下来要说什么。我们首先要提供一个上下文，然后才能切入正题。如果你不这样做，沟通效果就会不清楚，我们的小说作者要全力避免这种情况。

因此，下面的做法是很有意义的：小说作者要坐下来，在小说的前10页或前30页里把事情解释清楚，把事情的来龙去脉说清楚。毕竟，我们不想为难读者。对于读者在阅读故事的过程中会遇到的东西，我们希望读者对此预先有点儿印象，这样在读到此处的时候就不至于遇到拦路虎。

于是，我们就发现有些小说的开篇大谈人类的文明史。另外还有一些小说一开始就先说明主人公的父母当初是如何走到一起的，或者讲女主人公的生平事迹，或者先讲述公司的初创与发展的巅峰，而这一部分构成了小说的主要背景。

在小说中这样的信息倾销被称为叙述，其主要形式有背景故事、纯粹的说明、事件的总结或回顾以及人物动机的分析。总之，它们遵循人际沟通的礼貌规则，这些规则几乎普遍适用于其他一切话语领域。

问题在于：这会让小说变得很糟糕。

坦白来说，我是一个痴迷于科幻小说的怪胎。我拥有并且观看过5张蓝光版《刀锋战士》碟片。一天，我正在观看《危险的日子》，这是一部讲述电影《刀锋战士之银翼杀手》拍摄过程的纪录片，我偶然听到哈里森·福特说了一句很棒的台词，他谈到了展示与叙述的关系：

> 原来的剧本后面有一个附录，附录里面包括了画外音的旁白内容，我对雷德利导演说，我扮演的是一个侦探的角色，可是我并没有做任何侦探工作。我建议把画外音里的一些信息拿掉，把它直接融入电影的戏码中，让观众直观地发现这些信息，这样观众就能通过观察人物的工作环境来发现人物，而不必通过听电影旁白来获知故事的背景信息。

甚至连演员都明白这一点！当你的故事里到处都是解释说明的时候，你就剥夺了读者那种自然而然就能体验到的愉悦，甚至也剥夺了人物的自然展现。你要把画外音里的信息（你的直白部分）拿掉，并把它充实到电影的场景中去。我们得感谢福特先生的建议。

既然我已经提到了一部电影，那么干脆再使用一下电影制片人的隐喻吧。我希望你不要再以故事的讲述者自居，而要把自己当做一个拍电影的人。在小说创作的很多方面，从电影的角度思考问题能自然而然地让你的小说水平更上一层楼。

倘使一部电影的前10分钟幕布上一片黑暗，而叙事者则就世界各国的历史侃侃而谈，这样一部电影的票房业绩会怎么样？

这样的电影你能看得下去吗？观众席上漆黑一团，空无一物的幕布让观众干瞪眼，难道他们来影院就是为了强迫自己聆听一个古代史讲座吗？这样的电影永远不会成功。这部电影登上院线的首周必将遭遇惨败。

导致这一切的原因都是因为拙劣的片头部分。

那种以剧情说明开头的小说在读者、编辑或者经纪人那儿得到的效果很糟糕，正如上述电影给观众带来糟糕的体验一样。你必须把故事呈现在读者的眼前。你一定要把故事搬到舞台上表演，而不能一味地讲述。用电影行业的术语来说，你必须在镜头前面放置某种东西以供拍摄才行。

我们创作小说的时候绝非仅仅是在礼貌地谈话，我们是以文字的形式拍摄一部电影。事先把一切解释清楚显然是不合时宜的；你先要让摄影机忙活起来，把事态的发展呈现在读者眼前。

电影都是如何开场的？屏幕上要发生一些吸引人的事情。故事里的一切需要制片人事先解释清楚吗？难道他们会说"好吧，这个女孩以前住在林肯，但现在她把家搬到了帕萨迪纳，她想实现自己的演员梦"这样的话吗？或者他们会直接进入剧情吗？难道他们还需要展现一下她去片场试镜的场面吗？或者让她翻遍自己的手袋，先找到内布拉斯加州的地图，然后再找到自己的明星路线图吗？

叙述就是倾销静态的信息。这是无聊的。它会让读者目光呆滞，进而关闭活跃的思维。请你相信我的话，你绝对不会希望自己的前50

页给读者留下这样的印象,尤其要注意一点,你的书能否出版的决定权掌握在读者的手里。

下面是我给叙述下的定义:当你中断剧情来解释一些读者毫不关心的事情的时候,这样的解释部分就是叙述。

当你考虑小说的开头要怎么写的时候,不用考虑自己应该先解释什么东西,也不必担心自己不解释读者就会看不懂。恰恰相反,你要想办法让电影有一个很酷的开场,取得震撼人心的视觉效果。小说亦然。以后我会指导你如何通过画面展示传达信息,如何用展示部分推动剧情、揭示人物。但是,眼下你要专心思考如何在少做解释的同时提升吸引力。读者需要知道的很多信息都可以等以后再自然而然地透露出来。不要给你的小说填充太多的解释,这样会使其不堪重负。让阅读变成一种快乐吧。

经验方法

下面我要给你一个小工具,它可以彻底改变你对于小说中的展示与叙述的认知。或许这些术语并非我的首创,不过,我知道我之前从来没有听别人说起过这些术语。所以至少我也是这些术语的共同发明人。

也许你想把小说的叙述部分赶尽杀绝,但是你就是无法找到它,在别人的小说中也找不到,在自己的小说中你自然也无法找到。这样一来,你甚至连找都找不到,你怎么能把这样的东西删除掉呢?

对于那些你觉得属于叙述的段落,你都可以问自己一个问题:你准备好了吗?

读完这个段落之后,你要问下面这一问题:摄像机能捕捉到它吗?

例外总是有的,但你只管问自己这一问题:摄像机能看得到吗?这个工具很了不起,它能帮你找到稿件中的叙述部分。

让我们来测试一下:

> 金凯德向来喜爱鲜花。甚至在他还是个孩子的时候，就经常在烈日之下翻土、种花，一干就是几个小时。结果却往往发现，这些所谓的鲜花只不过是一些杂草而已。不过，他很喜欢干这种活儿，长大后他想当一名园艺师。

好了，现在请你准备好测试时要提出的问题：摄像机能看到吗？假如这是一部电影，这一段话的哪些内容能呈现在屏幕上面？小说里写的哪些东西是人们透过镜头可以看到的？注意，我们现在说的并非镜头的闪回。

答案是：一个也没有。摄像机无法看到它，因为除了叙述之外什么也没有。

我们再看看另外一个例子：

> 乌兰迪亚是一个和平的王国。尽管偶有饥荒和邻国入侵，不过，农民和贵族基本上都能和谐相处。这个国家既有英雄人物也有年轻卫兵，既有海盗也有酒店女招待，总体而言，他们的日子还算不错。

好吧，这段文字除了沉闷得要死之外，它属于展示还是叙述呢？让我们准备好测试工具吧：摄像机能看到吗？

你的脑海里或许浮现出了一幅梦幻般的田园风光画面：绿色的草地、广袤的森林以及微风中旗帜招展的城堡。但是，你怎么可能看到"偶有饥荒"呢？你怎么能看到入侵者是来自邻国呢？你怎么能看到他们的生活是美好的呢？你不能。你没有看到任何诸如此类的东西，这一切都是作者告诉你的。这段文字可能让你感觉有点昏昏欲睡了。

把描述这些元素的每一个提示性事物放在镜头前面，叙述的内容还是容易转换成展示内容的。但是，目前来看它还是未经转化的叙述。

我读过很多像这样开头的、没有出版的小说，数量之多简直是数不胜数。我把它们一概拒之门外了。如果你不希望自己的书稿被拒绝，那就不要在前50页的任何地方使用叙述。

再举一例：

  维罗尼卡换挡进入停车场然后走出大众甲壳虫汽车。她遮蔽眼睛以防午后阳光刺眼，同时盯着房子看。这座房子比她记忆中的要小了很多。它一直是这样破败呢，还是只是最近才年久失修？以前它一度是白色的，但壁板裂缝迫切需要重新上一遍油漆了。

  两根大大的天线从屋顶探出头来，好像外星人头上的触角。它们由电缆固定在那儿，但尽管如此，右侧的天线也歪歪斜斜的。也许这样做能够提高收视效果。覆盖门廊的是一个油漆剥落的木制雨篷。雨篷下的墙壁是不是更加破败？墙壁显得那么破败的原因是不是由于它被阴影笼罩的缘故呢？维罗尼卡也说不清楚。

  她叹了口气。假如这就是她原来生活过的地方，也难怪她的人生竟然会如此凄凉。

好吧，准备好测试的问题。摄像头能看到这一切吗？

确实是可以看到的。

这段文字违反了下面这条规则：小说的开头不要写人物下车。除此之外，这段文字还不算坏。这是一段描写。有人或许想把它删减一些，因为这里似乎没有发生什么事情：既没有动作也没有对话，所以这一定是叙述。但是，这个判断是错误的。在第2章我们已经明白，缺乏描写可能让你的书稿遭到退稿的厄运。描写并非叙述，因为描写的对象是摄像头可以看到的东西。假如没有描写，读者无法把故事里的画面凭空想象出来，这意味着离开了描写你的故事就无法前行。切不可把描写抛弃。

正如前文所述，例外的情形也是有的。虽说声音、气味、温度或者味道这些感官感觉都是摄影机无法捕捉到的，不过，对于这些感觉的描写不是叙述。此外，内心独白是视点人物的思想和认知，这也是摄像头看不到的，所以人们往往也把这样的内容称为叙述。不过，就整体而言，"摄像机可以看得到吗？"这个问题能帮你迅速发现叙述的内容从而加以删除。

例外情形与特殊类型

难道在小说中叙述就永远没有一席之地了吗？有的，但绝对不是在书稿的前50页之内。此外，它的出现必须具备下面两个前提：（1）这些信息一定得是读者必须知道的；（2）没有这些信息故事就无以为继。在军事小说中，情况汇报与运筹帷幄的场面就属于技术性的解释部分（叙述），但在满足上述两个条件的情况下这种做法是可以接受的。

你还要留意两类也许平常想不到的叙述。我把这两类叙述分别称为"偷偷摸摸的"叙述和"引号中的"叙述。

所谓"偷偷摸摸的"叙述是指你把叙述的内容零敲碎打地渗透进来，但你并没有把全部信息都倾销一空。这样一来，作者写的不是"维罗尼卡走出大众甲壳虫汽车"，而是"维罗尼卡从一辆石灰绿色的大众甲壳虫汽车里走出来，这辆车是她与劳伦斯分道扬镳之后在克利夫兰买的"。你能不能分辨清楚，这段文字打哪儿开始就不再是展示而是叙述呢？（提示：两者之间清晰的分界就是摄像头不再能看到作者言语所指的地方。）当电话铃声响起的时候，这次站起来接电话的人不再是平时的吉姆，而是作为前海豹突击队员的吉姆。

如果你偷偷摸摸地使用了一些叙述，这些内容是摄像机无法看到的，并且读者也不能通过摄像机所看到的东西做出合理的推测，那你就是在作弊。你这是在叙述。请不要这样偷偷摸摸地讲解事情。

另外你还要避免"引号中的"叙述。下面的文字似乎就属于这种叙述：

"亲爱的，吉姆，我们站在这里，面对着杰迪代亚·史密斯红木州立公园，感觉是不是很好？"

"哦，是的，芭芭拉。嗯，你也知道，这片森林公园成立于1929年，这是面积1万英亩、主要由古老的沿海红杉构成的公园，被加州最后一条主要自流河史密斯河一分为二。"

"那还用说。可真没想到，公园的所有土地几乎全是史密斯河及其主要支流密尔河的分水岭呢！"

"是啊！"

引号中的叙述是纯粹的说明文字，就像赤裸裸的旁白一样，不过，作者却自以为是地通过故事里的人物之口把这些话说出来，原本是叙述的这些话被改写成了展示。可是，事实并非如此，伙计。

请记住，叙述就是停下剧情，解释一些读者毫不关心的东西。简单地把信息倾销包裹在引号之内并不能出现改变其信息倾销本质的奇迹。不要停下剧情来解释什么事情，在前50页的范围内尤其不要这样做。

第三类叙述是倒叙。我并不是说所有的倒叙都是叙述，也不是说你永远不要把倒叙写进小说里来。不过，假如你采用倒叙的目的只是为了揭示故事的背景，那么实际上这就是叙述。你依然要停下剧情（主要的眼下的剧情）来解释一些情况，而这些情况可能并非读者关心的内容。请不要放任自己那种把一切解释清楚的愿望。有些倒叙内容是可以被摄像机捕捉到的，但这并不意味着你并没有停下剧情向读者倾销信息。你应该尽量避免倒叙。

把叙述变成展示

前50页肯定会有一些读者需要知道的东西。我并不反对你在小说中向读者传达信息，你不得不这样做。我所反对的是以一种唐突、无聊的方式进行信息倾销，因为这是故事展开的绊脚石。但是，眼下我刚刚剥夺了你把信息一股脑儿说出来的捷径。所以，假如你不能轻松地坐下来，把存在于那些即将发生的事件背后的历史、原因和动机都直接写出来，你还有什么办法能把这些信息传达给读者呢？

"侦探先生，这个问题真是问到点子上了。"

首先，你要确定哪些内容是读者眼下其实无须知道的。就小说里的人物和情节而言，你作为作者所知道的信息肯定要比读者需要了解的全部内容还要多上百倍。我知道，假如你不能把自己想到了的好东西跟大家分享的话，你心里一定不是滋味，不过坦率地讲，你心中所想的大部分内容是读者并不关心的。

跟别人谈话时，假设这个人拥有你想知道的信息，可是他却不直截了当地告诉你。你有没有碰到过这样的人呢？"哦，是的，我知道你母亲保险箱的组合密码。你知道，我们伍尔沃斯商场销售那种保险箱。这家商场生意很冷清，确实是惨淡经营，我小时候就喜欢逛这家商场。商场的右前方有个糖果售卖机的展台，我总是央求母亲……"

这人说话真让人抓狂，对吧？这时你肯定会打断他的话头，然后对他说，"我敢肯定，你的故事很精彩，不过，请你先把那个组合密码告诉我好吗？"

如果你在小说的前面写了很多解释性文字，那么你对读者所做的事情也和上面那个讲话者唠叨的是一样的。你自以为自己所说的这些信息全都是非常有趣的，但是，请你先把故事继续讲下去好吗？

假如读者对于前50页出现叙述的小说不太耐烦，那么想一想，那些整天审阅书稿的编辑和经纪人会有何感受？假如你希望自己的小说被扔进厚厚的退稿堆的话，这个办法可不错。

你要给读者提供他们看懂当前剧情所需要了解的最起码的信息。这是一条金科玉律。如果地面在剧烈晃动，而你想让读者知道其实并没有发生地震，地面晃动的原因是因为附近的火山即将喷发，那么，你必须用某种方式把这个信息传达给读者。这座火山在700年前曾经喷发过，火山喷发改变了山脚下的河道走向。难道读者会关心这些事情吗？读者没那么关心。也许以后他们会关心这件事情，但是眼下他们不关心，因为目前树林一片片倒下，泥石流刚刚吞没了主人公前女友的宠物狗。你需要告诉他们的只是他们需要的最少的信息，让他们了解眼前的事态就行了。

倘若你已经确定自己必须向读者传达哪些信息，接下来的问题是：你应该怎么表达？

你要传达给读者的、读者需要知道的信息，绝大多数要通过行动、对话和场景加以传达。这些都是摄像头可以看到的东西，还有麦克风可以"听到"和气味测量仪能"闻到"的东西。

有什么办法可以通过动作传达地面晃动是由于火山喷发所造成的这一信息呢？

想想吧。开动脑筋。你可以把摄像机瞄准哪些动作来向人们表明"这不是地震，而是火山喷发"呢？

你有没有感到过那种抓耳挠腮的苦苦思索过程？这是因为大脑前额叶中部的肌肉正在苦苦思考如何使用展示而不是叙述来传达信息。以前，你从来不知道自己的大脑有一部分是专注于创作小说的，现在你知道了！

下面这个点子怎么样？你让人们纷纷从房子里跑出来，他们大喊"地震了！"恰在此时，有一个人把目光投向镜头的外面，用手指着高山大声地喊叫。大家也都转身朝山上望去，然后你把镜头切换到火山在不远处喷出朵朵灰烟的场面。

这个信息得到传达了吗？是的。可以在镜头中看到吗？可以。那么，这个任务就完成了。

如果通过对话来传达这条信息会取得什么样的效果？继续开动脑筋，好好想想吧。启动被低估的思维肌肉，体会一下绞尽脑汁的感觉。

你可以叫某个村民给当地警察局打电话报告地震的情况，这个办法怎么样？碰巧，那个接警的派出所里有一名火山学专业的大学生，他正在家乡度春假。

托兰斯把香烟插进烟灰缸，然后抓起电话。"这里是温加尔省警局和监狱，你有什么紧急情况？"

"快！"电话里一个男人的声音说。他的声音听起来有点儿慌乱，电话里他又急又喘，几乎说不出话来。"你一定要来！有地震！"

"地震？你确定吗？你在哪里？"

当托兰斯说出"地震"一词时，他看到侄子从椅子里跳出来。这孩子学的就是这个专业，也许他可以帮上忙。

"我们这儿是圣柏高村，"对方说。"拜托，赶快来吧！"

托兰斯站起身来，把自己的枪套扎在腰间。"好吧，我们要派车去。车到的时间是……"

"且慢！"他的侄子一边说话一边伸手抓住了电话。"让我跟他谈谈。"

托兰斯把电话交给侄子，然后去寻找手电筒了。

"先生，"他听到侄子对着电话说，"圣柏高村吗，你那个村距离卡拉波鸠火山有多远？"

托兰斯听不清对方的回答，但他知道村庄就在山脚下……

坏了。"

侄子用手围拢了听筒，一脸严肃地看着托兰斯。"这根本就不是地震，叔叔。火山喷发了。"

现在你要看看到底这个对话和下面的对话哪个更吸引人：

"村民都以为是地震了，但实际上是火山喷发了"？

确实，展示要比叙述啰唆很多，而且展示不能像叙述那样把信息详细地传达出来，但是展示却比叙述有趣得多。你在细节方面有些损失，但在吸引读者方面获得的回报更多。

我要再次重申：当你使用展示而非叙述传达信息的时候，你在细节方面有些损失，但在吸引读者方面获得的回报更多。你需要的是无所不知、无所不晓的全知型读者呢，还是手不释卷、聚精会神的读者？

通过人物对话传递的信息比你直接讲出来好很多。不过，你要记住，把叙述的内容包裹在对话的引号之中是不行的。真实的、好看的场景是传达信息的必由之路。

下面哪一种写法具有更强烈的冲击力？我可以直接说，"他是个坏蛋，"或者我让你看到"这个家伙回到家里，朝着自己小孩的额头上就是一巴掌，他一边用脚踢小猫，一边嘴里嚷嚷着，'老婆，晚餐呢？'"如果你使用的是叙述，这个信息对读者没有什么影响，他们甚至都记不住。但是，当你展示出来的时候，好家伙，大家都来精神了。

第三种信息传达方式是通过场景传递信息。显然，上面已经提到的两种信息传达方式（动作和对话）都是在场景中发生的，但我这里所说的是更大一些的信息。

如果你需要传达更大的东西，比如你想说下面这个事实：罗伊在阿富汗驻扎期间参加了战斗，目前这段痛苦经历仍然折磨着他。为了揭示这一信息，也许你想写出完整的一场戏。你可以选择简单地写，"在阿富汗驻扎期间，罗伊参与了军事行动，目前这段痛苦经历仍然折磨着他。"不过，我想你现在已经懂得，因为摄像机无法看到它，所以这是一种叙述，而且是一种很无聊的信息传递方式。在某种意义上，你正在制作一部电影，所以你希望把这一切都在摄像头前展现出来。

诚然，你也可以透过动作和（或）对话传达这些信息。你可以让这个人物手捧自己的紫心勋章，然后口中念念有词："哥们，我把你在阿富汗挂彩的事情全忘了。现在你的战争创伤彻底痊愈了吗？"这个办法用于表达某些事情是可以的。但是假如你要传达的是核心信息，特别是假如你需要传递更多的细节，就需要把它改写成自成一体的一场戏。你要打一套稳定的组合拳。

你如何才能写出一个篇幅达到 15 页的场景，把罗伊在阿富汗遭受创伤的过程有机地展现出来（而不是使用倒叙的办法），把他的创伤细节透露给读者呢？

朋友，开动脑筋，向前推进！

假如你愿意，就把这个任务当成一个练习题吧。

当你思考自己的小说，尤其是思考在前 50 页需要传达的主要信息时，你要构思出一些场景，以便把这些信息自然而然地透露出来。你总是在想办法让这些场景实现一箭双雕甚至多雕的效果，从而展现人物、发展人物之间的关系，同时还要引入情节的元素。

哑巴木偶的把戏

我刚才说过，90％的信息都应该通过动作、对话和场景加以传达。剩下的少量信息也可以通过上述那种情况汇报类的场景加以传达。最后还剩下的极少量信息我们可以通过一个戏法来传达。

3 三枚炸弹

几年前，我为儿童创作木偶戏的剧本。有时候，我会使用我称之为"哑巴傀儡"的灵验办法。如果克利伯和克劳伯两个人正在商量为贫困儿童募捐的活动，而且两个人对自己的所作所为都心知肚明，我认为两人之间就不应有下面这样的对话：

克利伯：嘿，我们已经收到了这么多捐款，是不是很棒？
克劳伯：肯定很棒，克利伯。那些贫困孩子一定很喜欢。

看到了吗？包裹在引号中的叙述。我得把它清除出去。但是要怎样处理呢？

当然，我会用上古伯的！他是个哑巴傀儡。（正如大多数"哑巴"人物一样，比起故事里的其他人物，他是大智若愚的人，不过说这话有点离题了）。所以，对话应该改写成下面这样：

古伯：嘿，克劳伯。嘿，克利伯。在干什么？
克利伯：噢，你好，古伯。我们正在募集。
古伯：募集什么？灰尘吗？哈哈哈。
克劳伯：嗯，没有。我们正在为贫困儿童募集捐赠物品。
古伯：苹果儿童吗？他们自己不能出去募捐吗？难道他们掉进树洞里去了吗？
克利伯：不是苹果，古伯，是贫困！贫困！
古伯：苹果，苹果。克利伯，你怎么说话像青蛙一样口齿不清呢！苹果，苹——
克劳伯：古伯！我们正在收取人们捐赠的食物和衣服，送给缺吃少穿的孩子。
古伯：［深吸气］真的吗？这可是大好事！有这好事，你怎么不早点儿说？

好吧，我想，这段对话也许不能赢得奥斯卡小金人，但是你可以明白发生了什么事情。两个人物知道发生了什么事情，他们都站在那儿。我想让他们把自己所做的事情的相关信息传达给观众，但是我不想让他们使用诸如"你知道……"之类的话直截了当地把这些信息说出来。所以，我的哑巴木偶就派上了用场，一股脑儿的信息都通过机智幽默的方式透露出来了，这个做法对于人物和人际关系也有一定的揭示作用。

哑巴木偶的作用就是如此强大。

你也可以在自己的小说中挖掘这种优势。你需要传达一些信息，可是绞尽脑汁也想不出该如何传达的时候，可以考虑引入一个哑巴木偶。

顺便说一句，哑巴木偶型人物未必是哑口无言的。由于这个人物压根儿不知道发生了什么事情，所以他有理由发问。小孩充当这样的角色是很好的，因为即便那些答案一目了然的问题他们也会心无芥蒂地提出来。局外人、记者以及尴尬的门外汉也是很不错的人选。在电影《费尔托斯特》中，梅利莎·里弗斯博士这个人物从头到尾都是一个哑巴木偶。这个人虽然很聪明，可是她对于龙卷风却是一窍不通……所以她就得向别人请教，而这帮了我们的大忙。你可以让任何一个人物充当哑巴木偶的角色，只要他能合乎逻辑地提问，这样的提问能把信息钓出水面，进而传达给读者。

有时候，你可能无法把哑巴木偶型角色引进故事中来。比如，两个人物待在瑞士阿尔卑斯山上空一个缆车吊舱里，这时候你就不能再给舞台上增加一个人物并让他发问。可喜的是，在这种情况下，你还可以使用一种变相的哑巴木偶，帮助你摆脱困境。这个办法就是让人物吵架。

对于自己心知肚明的东西大家是很少谈论的。当人们吵架的时候，情况就不一样了。

"我本来以为你会为这次旅行准备一些水。"

"你负责带旅行背包,为什么我还要带水呢?我提醒你把水带上,你还说用不着。你想要证明给苏珊看,你不是一个失败者,难道你不是这样想的吗,包曼先生?嗯,你猜怎么着,卡萨诺瓦正在看着我们呢。我们被困在这个吊舱里,既没有带水,也没有带苏珊,你现在的模样是不是比以往任何时候更像一个失败者?"

"是吗?好吧,要不是你对苏珊说我是个无能的人,当初我就不必证明自己了!"

"你真是无能。看看你!你甚至在滑雪板上连站都站不起来!"

这样你就能写下去了。看看人物对话透露出来的信息:苏珊、滑雪事故、争取一个女孩的芳心,更不用说这两个人物之间的关系了。所有这些信息都来源于这次小小的争吵。

如果你需要把关键信息传达给读者,尤其是当你要在前50页传达这些信息时,就让你的人物吵架吧……信息马上就能传达出来。

展示比叙述更有难度。展示需要你写出更多的文字,并且拥有更多的智谋,这是一条通向自律和卓越的道路。而叙述的优势则在于快捷、便利,对于作者极具诱惑,这是一种偷懒的写法。

在一部电影中,你能把屏幕弄成漆黑一团,然后让一个解说员解释情况吗?我希望你的回答是:"永远不会。"此外,在写小说的时候你也不要经常停下来进行说明、解释,你永远要以摄像机可以看到的方式传达这一切。但是如果你觉得自己必须停下剧情来解释什么东西,那么为了作品的出版机会着想,请你不要在前50页范围内做这样的事情。

视角

视角（POV）是指我们透过某个人物的眼睛看到的故事场面。在经纪人或编辑眼里，拙劣的视角正是一个万无一失的好指标，它能证明作者的创作水平根本达不到出版作品的程度。

在视角的运用方面，懂行的作家和不懂行的作家之间存在着泾渭分明的界限。所以，在小说的前面数页往往就能发现视角方面的错误，找到这样的错误之后，退稿就是很容易做出的判断了。因此，精确掌握视角的用法是迟早的事情，你要尽早掌握这个技巧。

下面这段文字摘自布拉德·梅尔策的《内圆》，你能不能发现读者是透过哪个人物的视角阅读故事呢？

"比彻，你太……太帅了！"

我的心脏重新膨胀起来，几乎要把胸口撑破一个洞。难道她刚刚？

"你，比彻！你变得真棒！"

该我说话了。这回轮到我说话了，我这样提醒着自己，而脑子里却已经开始琢磨下一句该说什么。挑一句好话，表达善意的话，真心实意的话。你能把握这个机遇。我要对她说一句完美的话，这样的话会让她浮想联翩的。

"那么……呃……克莱米，"最后我终于说话了，目光在自己的大脚趾和脚跟之间徘徊，我看到她的鼻翼穿过孔，一杖闪闪发光的银色饰钉正冲我抛媚眼。"你想去看看《独立宣言》吗？"

现在我感觉无地自容。

显然，这里我们是在透过比彻的眼睛看戏。我们知道他内心的想法、情绪，还有他注意到的东西。

在每一个场景中，你都应该让大家通过一个人物的眼睛看到发生的事情（并且通过他的内心向大家解释眼前的一切）。这样做需要遵守一个规则，即一个场景只能有一个视角。你要选出一个视角人物。

在梅尔策的这段文字中，有几个东西是值得我们注意的。首先，这里使用了现在时态，这是很不寻常的，在写最初的几部小说时你不应这样做。当然，对话永远是现在时，但叙事部分却应该循规蹈矩地使用过去时态。①

其次，梅尔策在这里使用了第一人称视角。第一人称视角是通过"我"来表述视角人物的内心想法，比如"我的心脏重新膨胀起来"。

在现代小说中，大概第三人称视角是最为常见的，即"他说/她说"的形式。在上面一段文字中更多的作者会用"他的心脏重新膨胀起来"。

就你自己的小说而言，第一人称视角和第三人称视角都是不错的选择。你只要记得，在同一个场景中你必须坚守某一个人物的视角。

几十年前，在小说的同一个场景内频繁切换视角人物是屡见不鲜的现象，如今这样的流行小说也有一些，上面梅尔策写的这个场景到了这样的小说家笔下就会被改写成下面的样子：

"比彻，你太……太帅了！"她怎么也不敢相信他已经变得如此英俊潇洒。

他的心脏重新膨胀起来，几乎要把胸口撑破一个洞。难道她刚刚？

克莱米看着他坚硬的下巴和旺盛的胡茬儿，不知道吻他会是什么感觉。"你，比彻！你变得真棒！"

该我说话了。这回轮到我说话了，我这样提醒着自己，而脑

---

① 这里的时态指英语创作的情形，请读者参考阅读。——编者注

子里却已经开始琢磨下一句该说什么。挑一句好话，表达善意的话，真心实意的话。你能把握这个机遇。我要对她说一句完美的话，这样的话会让她浮想联翩的。

"那么……呃……克莱米，"最后我终于说话了，目光在自己的大脚趾和脚跟之间徘徊，我看到她的鼻翼穿过孔，一枚闪闪发光的银色饰钉正冲我抛媚眼。"你想去看看《独立宣言》吗？"

现在我感觉无地自容。

你是否感觉自己的视角在人物之间切换？一开始你透过克莱米的视角看事情，然后又透过比彻的眼睛看事情。后来你又回到了克莱米的视角，最后又重新回到比彻的视角，你的脑袋就像一个乒乓球一样来来回回地切换位置。

这就是所谓的全知型视角（也有人称之为全知型第三人称视角……意思是一样的）。这意味着你知道每个人物的内心想法，你走进了每个人物的大脑中。

从技术角度看，这并不是一种错误，所以请你不要写信对我说，"这个作家怎么样呢？即便这样写，他的小说还不是一样卖得很好。"我并不是说这样写是错的。我要说的是这并非最好的写法。我只想说明，视角人物的切换也是一种偷懒的写法，正如叙述的写法一样。

我们依然可以使用电影制作的比喻来帮助我们说明问题。比方说，你正在拍摄《科洛弗档案》这部电影。观众看到的只有那个手持摄像机的人物眼睛能看到的东西。在这样的情况下，我们必须听听这个人物的内心有什么想法（比如他或许会喃喃自语地说出自己的想法，而这些低语只有摄影机上的麦克风能够听到，其他人物是听不到的），但是其他人物的想法我们无从得知。我们只能透过他们的一言一行加以了解，从而预测他们内心的真实想法。这个视角就做得很好。

全知型的视角与叙述有一个共通之处，即两者都允许作者迫不及待地把一切都解释清楚。倘若一个作者想把每个人物的生活背景都直截了当地告诉你，那么他肯定也想把每个人物的内心想法以及动机向你和盘托出。正是这种急于解说一切的毛病使得一些作家落入陷阱。通过视角切换，他可以把一切都明显地说出来，一切含糊朦胧的东西都没有了。

我的建议是：抵抗这种诱惑！

全知型视角还有一个不足：你不能向读者隐瞒任何信息。你不能把读者蒙在鼓里。所以，假如一个名叫杰里米的园艺师和那个同名的连环杀手果真是一个人，那么，只要我们把视角切换到人物的另一面，大家很快就知道接下来他心里是如何盘算着杀掉后面的八个人了。关于谁是凶手的悬疑也就到此为止了。

虽说仅就技术方面而言视角切换并没有什么错，但这种手法在现代小说中渐渐失宠却是大势所趋，这主要是受到了电影的影响。或许阅读你的前50页的编辑或经纪人也明白，全知型视角在技术方面也是一个可行的选项，但他同时也知道，这并非惯常的做法，而且与之相伴的往往还有叙述以及总体上欠火候的小说创作技法。

试想一下，你的读者就坐在一艘没有舷窗的潜艇里面，潜艇正在水面下向前行驶，这时潜望镜露出水面。潜艇外面的世界才是故事的世界。读者怎样体验你的故事呢？不用说，他当然得透过潜望镜才能有所体验了。

这个潜望镜就是你的视角人物。

此时，读者能不能看到中央公园发生的事情？他当然不能，因为视角人物只能看到茫茫大海，而中央公园不在他的视野范围之内。如果视角人物不能看到、听到或者想到中央公园，那么读者同样也不能。读者能不能知道潜艇附近发生的情况？他当然能，因为视角人物就在这里，知道潜艇附近发生了什么情况。

有一个棘手的问题：读者能不能知道在阳光的照耀下潜望镜的镜头也在闪闪发光呢？不能，因为透过潜望镜，读者看不到潜望镜自身是什么模样。这时，除了潜望镜的镜头之外，你还需要另外再有几双眼睛或者几个镜头。假如你告诉大家镜头在阳光下闪闪发光的情形，那你在视角方面就犯了一个错误，因为这是视角人物无法看到、听到或者想到的情况。

因此，在下面这段文字中，"珍妮弗伸出修长的双臂，月光下，她的眼睛闪着泪光，她不知道莫里斯是否仍然爱着她。"这样的写法就有一处视角错误。除非她坐在那儿，心里想着，"啊，我有修长的双臂"；除非她旁边放着一面镜子，镜子映出她的眼睛在月光下闪着泪光。这里传达的信息并非是人物自己心里的所思所想，这段文字就是犯了视角错误。

叙事视角是你需要首先掌握的技能之一。读完第 1 页，视角的对错就能显示出来，而且它将贯穿整个前 50 页乃至以后。所以，假如你想让职业出版人从头到尾把你的书稿读完，你必须搞清楚视角的问题。

人物塑造

我前面说过，我曾经写过一本书，论述如何塑造形神各异、栩栩如生的小说人物。假如你知道自己的强项在于情节构思，弱项则在于人物塑造，那么我希望你能读一下美国《作家文摘》出版社出版的《情节与人物》一书。

反过来说，假如你的强项在于人物塑造，而你不知道应该让人物去做什么事情，那么我给你的建议也是去读一下《情节与人物》这本书。

不过，我不会让你在这儿干等着。

在前 50 页范围内，人物之间区分度不够的问题要比其他问题更难发现，但是在审阅小说稿件的时候，经纪人和编辑的眼睛都是紧盯着问题的。

阅读小说是发现人物塑造是否薄弱的唯一途径，读完50页左右就可以做出判断了。读到这里，假如透过性别、年龄、角色、职务、种族、态度或者口音这样一些表面的特征你仍然不能清楚区分人物之间的差异，这就麻烦了。在一个对话场景中，假如你把人物的名字换一换，然后感觉换了以后对话部分没有什么不同，这就说明人物塑造得过于薄弱。假如你的小说中所有人物全是一副刻板的经典人物形象，比如斯迈思说话时上嘴唇僵硬，一口浓重的英国口音，而韩先生是一位华裔科学家，巴勃丝是一个没头没脑的金发美女，那么这本书肯定不能出版。假如大卫和胡珀这两个人物之间只有唯一的区别，即大卫总是爱生气而胡珀总是满口脏话，那这本书肯定要完蛋。

人物不单要长相不一样，他们的说话方式和穿着打扮也不能雷同，人们必须感觉他们是彼此各不相同的。有时候，以情节见长的小说家会使用一个妙趣横生的情节吸引读者继续读下去，但在前50页的范围内，读者的慧眼能够透过闪光灯辨别出人物自身的特征。假如她眼前所见的全是千人一面的克隆人，除了外表的细节，这些人物给人留下了完全雷同的印象（或者肤浅的刻板形象），那么读者就不想继续读下去了。

另一方面，擅长人物塑造的小说家能刻画出辉煌的人物，却往往因为没能让这些吸引眼球的人物去表演一些有趣的剧情而让读者感觉失望。这类作者的前50页往往有这样一个特点：情节缺乏吸引力，而且完全没有任何悬念、赌注因而不能抓住读者的眼球。假如你属于这一类作者，那么你就要读一读能帮助你构思情节的书，为你的小说设计出合适的情节结构。

假如你知道自己是擅长小说的情节构思，不要一味侥幸希望用情节之长去补人物塑造之短，或者侥幸希望自己运气足够好，碰巧你遇到的经纪人或者编辑不在乎小说人物是不是千人一面。你必须努力学习人物的塑造方法，创造出逼真、立体的人物。找一本关于人物塑造问题的好书，然后学以致用、付诸行动吧。

你也要当心。当真实可信、内心一致的人物被创造出来之后，他们未必愿意做你设计情节时想让他们做的事情。我所说的并非如下的神秘事件：他们会站起来，不听你的指挥。我的意思是，你会突然意识到，要让埃比尼泽停下手头的事情去帮助这个车上的女孩是绝对不可能的，这就把你的整个情节全给打乱了！

但是无论如何，你必须把人物塑造好。你可以把这本小说重新改写一遍，让人物的言行合乎其自身的意愿。人物薄弱而情节完美的小说得不到出版机会是大概率事件。既然如此，何不强化人物塑造，让人物的行为真实而自然呢？这样做能给你的小说带来更好的出版机会。

希望的火种

话说回来，正如天行客带着破碎的魔戒从黑暗悠长的莫里亚走出来一样，你也可以熬过时间的考验，从编辑那神秘的脑海中顺利胜出。

现在你已经知道，其实编辑也很想喜欢上你的小说，这理应鼓舞你的士气。出版商需要发现可以出版的新书，如果没有新书出版，他们就完了。他们也需要发现崭露头角的新作家。一方面，出版社要傍名家大腕儿肯定花费不菲，而发现新作家肯定有成本低廉的优势。另一方面，编辑与经纪人确实都很喜欢成为发现新秀的伯乐。他们希望你的稿件是一匹黑马，能够迅速蹿升到畅销书榜单的榜首。他们想把你的书稿拿到出版委员会那儿，当你的书稿面对生死考验时他们会为你说尽好话。他们想成为发现你的星探。

不过，组稿编辑也很疲惫。她要阅读成千上万的稿件，而且发现只有不到 1% 的人值得进一步研究，而且其中多数书稿最终并没有淘出金子来。所以，她确实希望你的前 50 页能得到自己的垂青，但同时她也怀疑自己不会遇到太大的惊喜。概率决定了下面这个事实：你并非她要寻找的黑马的概率达到了 99%。

当她打开你的稿件时，她有一种悲观的预期，希望越大失望越大；或者说在大多数情况下，乐观的期待是值得怀疑的。你的任务就是要打败这个统计概率。吹动"希望"那团奄奄一息的余烬，并且让它燃起火焰，这就是你的机遇所在。

如果你创作出的前 50 页好得让人称奇，那么你就成功了。为了做到这一点，你必须做好几件事情（我们眼下就要把注意力转向这里），同时也要避免前文谈及的很多错误。

最终的解决之道并非消灭编辑，而是要消灭错误。

现在，我们要把话题岔开了，不再谈论那些让人略感焦虑的关于如何避免陷阱的话题，我们要把目光转向"我能行"这一鼓舞人心的话题上来。我们这儿探讨的是如何创作出最让人击节叹赏的前 50 页，这样的好作品，编辑、经纪人或者读者要等上很长时间才得一见。

前 50 页必须完成哪些任务

第 2 部分

我们自己身上有一种让世界重新来过的力量。

——托马斯·潘恩

说到底，在前 50 页范围内，你必须做两件事，完成两项重大任务。

你必须吸引读者。这是头等大事。

你必须为这个故事布好局，从而让其余部分能取得正常的效果。

本书以下的内容将探讨上述两项任务各自的诸多分项，但是我认为在我们开始之前，大家在头脑中先有一个战略格局是非常有用的。

你可以写出世界上结构最完美的故事，但是假如你没能捕捉到读者的兴趣，你的小说就会一败涂地。此外，你还可以运用专业的笔法吸引读者，但是假如你没能为小说的其余部分打下坚实的基础，这种吸引力最后也会消失殆尽，牢骚满腹的读者就会把你的书放下。

迄今为止，我们一直专心讨论经纪人和编辑是如何看待前 50 页的。我希望这部分内容帮助你了解业内做出出版决策的过程。我花了很大的篇幅谈论你需要避免哪些陷阱才能让经纪人或编辑读下去，直至她愿意出版你的小说。

在上一部分我们谈到了那些在书店里买书阅读的非专业读者，不过在我们看来，这样的读者只是次要的。在本书以下的部分，我们把着眼点聚焦于作为你的主要读者群体的普通读者。让普通读者叫好的东西同样也会让经纪人或编辑叫好，但是关于小说写作方面的问题，兼顾作家和读者双方的看法进行探讨是自然而然的事情。

管窥未来

你如何才能吸引读者呢？你怎样才确定自己的小说开局良好，其余部分会一路顺风呢？这些都是本书以下部分即将探讨的话题，所以，在此我要把它们介绍一下。

一言以蔽之，你吸引读者的手段就是让他在乎。你要在他与主人公之间创建一种联系。你要让他达到与主人公同甘共苦的程度，或者至少要让他对于主人公身上将要发生的事情感到好奇。确切地说，《人猿星球》的主人公并不算可爱，但我们对于他的处境拥有足够大的兴趣，想看看他的故事究竟会如何收场。

当然，接下来的问题就是：你如何让读者在乎？如何在读者与主人公之间建立联系？你要把主人公的可爱之处展现出来。你告诉大家他在追求什么东西，却失败了。你要用某种方式展现他的痛苦，这样一来读者才会对他产生同情。

这些问题的答案可能会让你发狂，因为每一个回答都牵涉到下面这一问题："我该怎么做呢？"不用担心，我们将详细讨论这一切。我们才刚刚开始，不是吗？这会让你希望了解更多的东西。（毕竟，开始部分的一项子任务就是让读者想继续读下去，直到找到答案。）

你如何把前50页写好，不仅为小说开个好头，而且给后面的内容建立一个坚实的基础？你要用某种行动开始你的故事。你要建立利害关系和冲突。你要引荐主人公，让我们知道他的希望是什么，由此向我们透露故事的主题所在。你还要介绍主要人物。你还要建立故事发生"之前"的背景故事，帮助读者了解接下来发生的事情与主人公之前的期待存在哪些偏差。

你要引入反面人物，并且把他的企图展现出来。你还要把接下来故事里的主要行动或者挑战给读者展现出来。你需要让读者知道小说的题裁、时代、环境、背景和情感氛围。你向读者展示一下定时炸弹，然后让它开始滴答作响。你设置了主人公的缺陷或"纠结"，而且告诉我们在故事开始时这对他有什么影响。你告诉我们主人公有哪些惹人喜爱、令人敬仰的地方。你让主要情节第一次闯入主人公的世界，从而让主人公的人生脱离正轨，把他送到发现真相的道路上。

有一句希腊谚语说，"开始是行动的一半。"对于一部优秀小说的创作过程而言，这是对的。如果你把前50页写好了，那么你把剩余部分写好的概率就增加了十倍。如果开头写得很糟糕，那么整部小说的失败概率也会大增。

　　刚才我只用寥寥数语就把这些问题一掠而过了，到底你具体该怎么做呢？我很乐意回答这个问题。下面让我们逐一看看这些问题吧。

4

吸引读者

> 有两种人，其中一种人会实现他们的初衷……如此等等。
>
> ——罗伯特·伯恩

为什么你会关心天行者卢克？在《苏菲的选择》中，有什么东西连接着你与苏菲？阿甘身上有什么东西令你对他感兴趣？还有，斯佳丽是这样一个势利眼，你为什么还要为她欢呼？

假如你也和大多数人一样，那么在人生旅程中总有一些时候让你跟电影和小说在情感层面结缘。有时，这些故事能让你回想起自己刻骨铭心的往事；有时，因为某种缘故你的情感受到了压抑，而这些故事能够触发这种情感进而让你释怀。故事有其神奇之处，我们可以在故事里得到情感的体验，而且故事触及我们的灵魂深处，足以让我们看清自己的问题。

对此希腊人甚至有一个专用术语：宣泄（catharsis）。希腊戏剧几乎全面创建（或许说认识到）叙事的一切要素，今天的小说家们就是站在他们肩膀上面的。其中一个要素是戏剧家要在舞台上刻画一个人物，这个人物的情绪反应是很极端的，他把悲伤、愤怒、怜悯甚至喜悦的情绪都表现到了极致，这样做的目的正是为了促使观众产生相同的情感反响。他们明白，观众在虚构故事里看到人物经受的折磨、考验可以帮助观众面对这样的考验，进而达到一种情感的净化。

这就是为什么"痛快地哭一场"会让人感觉好一些。这也是为什么我们在笑到流泪之后会感觉舒服的原因。当然，大脑里面的化学反应也让人发生了生理上的变化。但要注意的是，无论是戏剧或电影的观众还是小说的读者，他们都愿意并能够与故事中的人物产生强烈的情感共鸣。

吸引读者的主要手段之一是让读者与你的主要人物之间产生亲密无间的联系。你要巩固读者与主人公之间的这种情感联系。此外，我们还要谈到其他一些吸引读者的手段，不过这个方法才是你的首选。另外，即便这个方法并非你的首选，为何不能在故事里运用这个方法增进读者与主人公之间的关系呢？

为什么我们与天行者卢克能够心心相印、息息相关？或许只是因为他是一个孤儿、一个完美主义者兼梦想家，他想冒险与那种不可一世的邪恶势力做斗争。对了，这样的人物的故事值得我们好好读一下。

苏菲有什么吸引我们的地方？我们对她有认同感，因为她受到了深深的伤害，并且遭受了这么多苦难，可她仍然能够保持一颗爱心。她忍受的痛苦让我们有勇气忍受自己的痛苦。我们知道疼痛的感觉是什么滋味，所以我们与她之间是心有灵犀的。

阿甘很简单，但却非常有爱心。他是一个坦坦荡荡的正人君子，我们希望他得到保护，所以我们以呵护他的心情与他产生了情感共鸣。不过，他还是一个忠实的朋友和情人。也许我们也跟他一样，也许我们希望自己的生活中也能遇到一个像阿甘这样的人，无论我们遭遇什么样的挫折，他对我们的爱始终不渝。

斯佳丽或乔治·泰勒（查尔顿·赫斯顿在《人猿星球》中饰演的人物）又是怎么回事？这是两个讨人喜欢的人物，他们身上有什么东西让我们欲罢不能地关注，甚至要为他们摇旗呐喊呢？一方面，他们是足智多谋的。他们聪明、智慧，似乎总能给自己找到一种现实的解决方案。他们有强烈的个性，他们的"强力意志"让我们着迷地观看他们如何工作，如何放纵自己，如何努力在遭遇不幸的情况下掌握局面。另一方面，在他们身上我们也看到了隐约可见的同情心，而这才是关键所在。他们的强悍只是表面现象，他们的内心是柔和的。

如果你想吸引读者（你确实想这样做），你必须让读者与你的主人公产生情感上的联系。

不讨人喜欢的主人公

你有没有看过主人公让人作呕的小说或者电影呢？我所说的主人公并不是那种爱胡思乱想的老人或者被宠坏的孩子或者普通的反面人物，而是特指那种可怕的角色。

看《伊戈尔》这部电影让人感觉非常痛苦，除了其他原因之外，主要因为这部电影的主人公是个恶人。他执意要抓住一个善良的人并将其变成卑鄙小人。这样的人物根本不可能让观众为之欢呼。我不喜欢近来的一部查理·布朗专题片，因为里面没有一个讨人喜欢的人。里面的人物全是有点儿精力过剩的混蛋，这当然是查尔斯·舒尔茨始料未及的。20世纪70年代，《查理和巧克力工厂》的小说作者罗尔德·达尔被从大屏幕剧本改编队伍中去掉了，因为在他原来的稿件中，所有人物都不招人喜欢。

我的问题是：你是否读过一部主人公惹你讨厌的小说或者电影？答案是"可能还没有"。正如我们上面所说，这样的小说或电影肯定是有的，但不会很多，而且很可能这样的作品始终没有机会让你看到。

我们读小说的时候总是透过某个人物的视角理解剧情，假如这是一个令人生厌的人物，那么我们就没有耐心读下去，即便硬着头皮也读不了几页。

当你设计小说主人公的时候，要牢记这一点。使用有缺陷的人物未尝不可，不过条件是你要告诉读者这个人物在这个故事发生的过程中会克服这个缺点。不过即便如此，你也不能让他一开始就卑鄙到了无耻的地步。

这并不是说你的小说里不能有臭流氓，有些坏人成堆的电影就可以证明这一点。《十一罗汉》系列电影里的人物全是骗子。《偷天换日》里面也全是坏蛋。《谍影重重》是关于一个刺客的故事。《通天神偷》是关于黑客的故事。坏人也有好的一面，这并非《卑鄙的我》和《超级大坏蛋》的发明。看看达斯·维达和古鲁姆（《指环王》中的人物）以及唐·柯里昂（《教父》中的人物），这三个人物全都是坏蛋，但他们也有一些可取之处，因为他们都是想金盆洗手的坏蛋。

我们容忍他们的原因是他们也有好的一面，我们甚至有点儿喜欢或者支持他们，这才是关键因素。此外，你或许注意到，这些人物都不是故事的主人公。所以，你要检查一下自己小说中的主人公是不是一个好人。从现实的角度出发，主人公有一些缺陷是可以的，不过他的缺点在这个故事中必须得到消除。不过一开始主人公还是需要有些迷人之处的，否则读者就会早早离开，根本等不到他们进入认真阅读的阶段。

如何使你的主人公讨人喜欢

有多少个人物，就有多少个具体的办法让读者与人物之间建立情感上的联系。具体方法大致可以分为五类。

为了让读者关注主人公，你要让主人公具有英雄本色，坚守原则、同情他人、积极求胜，而且还要聪明过人。

英雄式主人公

我所说的"英雄"未必意味着主人公要被赋予超级英雄的强大力量，或者他必须是战场上捧走尤伯杯的勇士。我所说的"英雄"是指为了他人的利益甘愿牺牲自己并且承担风险的人。

埃伦·里普利（西格妮·韦弗在电影《外星人》中饰演的人物）并不是一个很好的人。但她冒着生命危险拯救别人，包括她在第一部影片中拯救自己的宠物猫以及在第二部影片中拯救一个小女孩。她救别人于危难之中，甘愿承受受伤以及死亡的危险，更不用说他人的恐吓了。这是一个我们可以为之欢呼的主人公。

《指环王》中的山姆卫斯·詹吉原本是个胆小鬼，他宁愿在自己的花园里侍弄花花草草，也不去做戒灵以及其他可怕的事情。但是，当他的心上人佛罗多身陷危险之时，小山姆勇敢地与巨型蜘蛛近身格斗，赶走各种各样的坏蛋，而且甘愿为了朋友脱离苦难而直接走进末日的裂缝。对于这样一个人物，谁能不与他产生情感共鸣呢？

麦琳·伊登顿（莎莉·菲尔德在电影《钢木兰花》中饰演的人物）可能是一个真正霸道的害群之马，她所作所为的目的是要保护自己已经成年的女儿谢尔比。当谢尔比需要一个肾的时候，麦琳毫不犹豫地捐献了自己的肾。一个为了女儿可以捐出肾脏的女人？也许大多数妈妈都会这么做，但这仍然算是一种深刻的英雄主义行为，而且也让我们更加喜欢麦琳。

当我写到此处时，日本正在从导致成千上万人失踪、死亡的大地震和海啸灾难中渐渐恢复过来。在这场悲剧中，受损的核电厂有泄漏的危险，大多数人都已经撤离出来。但是在几天中，有50名工人仍然留了下来，目的是避免一场更大的灾难。这些男人和女人，福岛50人，为了挽救同胞的生命，很可能面临献出生命或者缩短寿命的危险。这就是英雄，如果有人想写一个关于这些工人的小说，里面的人物肯定能吸引读者。

那么你的小说呢？你是否觉得自己的主人公具有英雄般的豪迈？假如正是如此，那么请你在前50页的某个地方给大家透露一下。你不必展现主人公跑进正在燃烧的大楼里去救一个孩子的场面，但你可以展现主人公挺身而出支持一个在工作中受到别人欺负的人。读者希望跟你的主人公产生情感联系，实现这一目标的好办法就是让主人公成为见义勇为的人，而且他甘愿为了维护别人的利益让自己承受损失。为什么不把这个元素写进你的书中呢？

坚守原则的主人公

崔西·希克曼和玛格丽特·魏丝合著的奇幻小说《龙枪》中有一个叫斯特姆·辉的人物。斯特姆是一位索兰尼亚的骑士，这类骑士在生活中遵守荣誉的命令。小说中的其他人物则是一群鸡鸣狗盗、寻花问柳之徒，而斯特姆却是一个"不粘锅"。其他人可能设下埋伏、诱敌制胜，而斯特姆不会这样做。他宁愿正大光明地站出来，以公平的方式向敌人发起挑战，即便根本没有胜算，他也不搞阴谋诡计。

对于他的同伙们来说，斯特姆的种种做法让他们很是恼火。他们不得不"对付"他，在有些情况下，他的荣誉感会迫使他在行为方面坚守荣誉的原则，这时同伴们就命令他远离现场，因为他的荣誉行为会让大家全都陷入危险之中。他成了大家嘲弄的对象，而且在其他一些顺境之中他似乎也没有什么胜利的享受。

不过，虽然大家可能反对斯特姆内心深处的行为准则，但是大家不可能不喜欢他的为人。即便没有人监督，他也依然坚守自己的行动原则。他是个有骨气的人。我们可能无法认同他的道德标准，但是我们绝不能说他是一个没有道德底线的人。他就是这么一个即便面对嘲弄仍然坚持个人行为准则的人，这样的人会让我们产生情感共鸣。

把自己限定于一套理想主义的准则之内，这就是某种英雄主义了（又说到了"英雄"这个词），而且这样做是完全正确的。在不同的情况下我们也都为自己划定那些底线，即便是坏蛋也有自己根本不会越过的红线。除了极少数灭绝人性的反社会者，大家都有良知。当我们的个人底线濒临崩溃的时候，我们似乎就听到了无形的警告。即使我们选择越过那条底线，但是底线仍然还是存在的。当我们看到某个人选择做与不做某件事情的时候，这样的选择都是因为这个无声的提醒者，我们理解他。我们可能不赞成，但我们能理解。

小说也是如此。亚森（摩根·弗里曼在电影《侠盗罗宾汉》中饰演的人物）必须停下来，然后每天数次朝着麦加方向祷告，当别人都在喝啤酒和蜂蜜酒表示庆祝时，他会说，"唉，真主不许这样。"他不加入别人的狂欢行列之中，这让大家沮丧，不过，你几乎能感觉到亚森在人们心目中的地位实际上得到了提升，因为他坚守自己的人格和信仰。

电视连续剧《24小时》似乎全是在讲把坚持原则的人物放到道德意义上模棱两可的情境之中的故事。他们中最优秀的人似乎总是被淹没于灰色地带的泥沼之中。人们想做正确的事情，而什么是正确的事情却含糊不清，观看人们在这种情况下的行为是很有趣的。即便人物做出的决定导致事情变得糟糕，那个试图找到更高尚路径的人还是能赢得我们的掌声。

为了让你的读者与主人公产生情感联系，你要赋予主人公一种内心的纪律。你要让她成为有性格的人。在周围的人们选择默默忍受、妥协的情况下，甚至在没有人就此做出判断的时候，她依然敢于挺身而出、主持正义。你要把这个情况展现出来，然后读者就会被你吸引住了。

让人同情的主人公

"我得到了一块石头。"

可怜的查理·布朗。不知怎的，全世界的人都知道他就是那个总被欺负的倒霉蛋。有个人的万圣节礼物口袋里装的是一块石头而不是糖果，这个人就是他。有个人放风筝时总会把风筝缠到一棵树上，这个人也是他。面对每一个击球手，有个投手总是被别人从垒位上轰下去，这个投手也是他。

可是，查理仍然爱自己的狗，仍然坚信圣诞节的精神信仰，他仍然希望这一次自己终会踢进那个橄榄球。

查理·布朗是一个惹人怜爱的人物。他的生活中发生了难事，但他挺了过来。对于他来说，似乎消息越坏，大家就越是对他怜爱有加。

这就是读者参与人物生活的力量。

此前，我提到过《苏菲的选择》中的苏菲。她受到了伤害，我们也跟她一样感到情感上受到了伤害。我们与她产生了情感上的关联。

你有没有注意到迪斯尼的电影人物有多少是孤儿？从莫格里（《丛林男孩》的主人公）、灰姑娘到泰山、小美人鱼，他们要么父母双亡，要么没有母亲。仅仅因为缺乏母爱这一突出特点，人物就赢得了不少同情分。我们感受到了人物内心的空虚，于是我们渴望这个人物能够得到爱情和归属感，从而填补其内心的空虚。

除了打孤儿牌之外，你还可以在其他方面让主人公赢得同情心。你要展现主人公努力实现某个目标却屡遭失败的情形。她又一次没有入选篮球队。参演演员的名单公布了，不过她想要表演的角色却被别人抢走了。她一直喜欢某个白马王子，可是另一个美女却挽着这个男孩。奖学金委员会来信了，不过奖学金却没有她的份儿。她穿着新衣服出门，不过随后有一辆公共汽车溅了她一身泥巴。

然而，你并不想让主人公有太多的伤心事，否则读者的感觉就会由同情变成厌恶。被人当做一个失败者来看待是一回事，真正是一个失败者却是另一回事。

想想你的小说。你如何证明主人公值得大家怜爱？主人公孤独吗？他追求的某个女人或者事业是否彻底没戏了呢？主人公为了某件事情准备了很久，但是他的努力是否依然遭到了别人的诋毁？主人公的父亲是不是一个刻薄、挑剔的人？

你想让我们为你的主人公感到遗憾。这种遗憾并不是说我们对此不屑一顾，而是大家都想拉她一把，帮助她取得成功。

万人迷式主人公

我们为什么喜欢阿甘？我们为什么爱吉利根？昌西·加德纳（彼得·塞勒斯在电影《在那里》中饰演的人物）或者铁皮人，或者谢尔顿（电视剧《生活大爆炸》中的人物），或者督察克卢索，他们又凭借什么魅力让观众着迷呢？

我们能与这些人物产生情感联系的原因之一，在于我们发现他们是迷人的。他们是内心纯洁的大好人。他们让大家发笑。他们是温和的。他们还能让我们想起童年的清纯。

尼奥（基努·里维斯在《黑客帝国》中饰演的人物）陷入了一个大麻烦以及暴力活动，但是他还要挤出时间陪孩子。他有奉献精神，还会帮女房东把垃圾带出去。他是一个好人。

杰克船长（约翰尼·德普在《加勒比海盗》系列电影中饰演的人物）是一个见利忘义的小人兼无赖，但他平时还是忠于朋友的，他让我们开怀大笑。他个性张扬而且离谱得有些古怪，不过他给人带来的只有快乐。

杰克这个人物让我们明白，人物未必非得是中规中矩的英雄人物才能讨人欢心。这时，我们脑海里会浮现出《101斑点狗》里装腔作势的走卒，《卑鄙的我》中所有的国防部军事情报局的爪牙们。此外还有丹·艾克罗伊德在电影《通天神偷》中饰演的"母亲"这个人物，你再也找不到一个比她更令人捧腹大笑的骗子了。

你能让自己的主人公变得迷人吗？你能把主人公风趣、善良、好心的一面展现出来吗？如果你能，那么这就是一个让读者着迷的好办法。请记住，你至少要在前50页的范围内就把主人公这种迷人的特质揭示出来。

机智的主人公

最后，还有一种办法可以让读者与主人公产生情感联系：把主人公写成聪明人。主人公是足智多谋、聪明过人、思维敏捷的。有时候，你感觉自己的生活就像是一个被雪崩掩埋于地下的拼板工厂。似乎一切都没那么简单。所有的东西都是被隐蔽了的、不完整的，各种东西混合在一起。世界变得混乱不堪，似乎我们永远无法摸到边际，既看不到拐点，也看不见下一座山峰后面的风景。

也许正是因为这个缘故，我们非常喜欢阅读侦探小说。侦探小说里通常都有一个绝顶聪明的人物，他能够解决那些每天让大家不堪其扰、莫名其妙的迷魂阵。我们景仰这样的人物，他们的慧眼可以透过迷雾，看到迷雾背后隐藏的东西。我们高兴地看到，足智多谋的主人公努力爬到那样一堆迷雾之上，然后给我们讲解他在那儿发现的谜底。

这样一来，福尔摩斯、马普尔小姐、波洛、神探阿蒙和帕特里克·珍（西蒙·贝克在电影《心计》中饰演的人物）成了我们心目中的朋友和英雄。

但是，吸引我们的人物绝不仅限于那些智勇双全的警探们。我们也很喜欢艾丽·伍兹（瑞茜·威瑟斯彭在电影《律政俏佳人》中饰演的人物），她用智慧去实现自己的梦想。在《歪小子斯科特》中，面对玩视频游戏的坏蛋的种种恶行，歪小子斯科特展开了抗争，他证明了自己确实是足智多谋、非同一般的人。《永不妥协》的主人公埃琳·布洛克威奇虽说是一个真实人物，而不是一个虚构人物，她这样一个弱女子似乎不可能打败一家腐败的供电公司，但是她做到了。

我看到过的人物的宏伟目标最令人愉快的展现之一是电影《就想赖着你》临近结尾时的表达。故事的来龙去脉我就不细说了，我只想说芭芭拉·诺瓦克（蕾妮·齐薇格饰）几乎占用了整部影片的时间跨度来实施一个精心策划的计划，以便实现自己的目标。这个计划的复杂程度是惊人的，但当我们看完了她所做的一切之后，我们与她产生了强烈的情感共鸣。

怎样才能把这些东西用在你的小说里呢？你能把主要人物写得聪明、机灵或者足智多谋吗？你能不能想出一个办法让他鹤立鸡群呢？当身临其境的人们都要挠头犯难的时候，她能不能乐此不疲地找到解决之道呢？当别人都无计可施的时候，他能不能始终刻苦钻研，做出一项发明或想出一个计策呢？

我们喜欢聪明的人物，我们想看看他们能否解开面前的谜团。如果你希望读者与主人公产生情感联系，就要让人物变得聪明。

请记住，你首先要综合运用这些元素，必须让读者与主人公产生情感联系，然后你的故事就能抓住读者的眼球了。一代又一代的电影观众与天行者卢克产生情感共鸣，这绝非偶然。他是一个孤儿，他拥有英雄主义、理想主义的精神，他恪守自己的行为准则。他机智而善良，甚至可以让我们开怀大笑，哪怕年轻时代的他曾经的渴望就是俘获公主的芳心。

让读者对于你写的故事感兴趣是前50页的首要任务，你需要让读者在感情方面与主人公产生联系。

吸引读者的其他方式

要想让读者对你的故事买账，最好的办法就是让读者站在主人公的这一边，此外还有其他方法吸引读者。

其中一个是通过动作来吸引读者。试想，任何一部詹姆斯·邦德电影的开场都是动作场面。令人难以置信的动作组合、令人瞠目的特技和道具、速度、惊险、打斗和蛮勇。你看到特工007被甩出了飞机却没有带降落伞，但是他仍然能够死里逃生。假如即便如此你也没有被故事牢牢吸引住，那么你可能真的需要求助于心理咨询师了。

《星空奇遇记》(2009版)开头有一系列镜头，宇宙飞船的船长竟然能够在短短的一刻钟内救出八百条人命，假如你看了这个场面之后仍然不想把这个故事彻底看完，那么你肯定有问题。《角斗士》开场的战斗有一种残酷的美感。这样的精彩场面我们还想继续看下去。

要用动作抓住读者的眼球。

假如你既不想写轰轰烈烈的爆炸场面，也不想让人被飞机甩出去，那该怎么办？在这种情况下，还可以使用一些更加沉稳的手段抓住读者的注意力。这时候，你可以通过耐人寻味的东西吸引读者。

《猎杀红色十月》的开场是这样的：苏联，一个极寒的早晨，一艘苏联潜艇正在露出海面航行。我们看到肖恩·康纳利操着苏格兰口音说俄语。电影有个镜头让观众看到了他的眼睛。他正在作出决定，他将要开启一个不可能返航的航程。他将如何处理这个潜艇？而且，肖恩·康纳利是什么时候变成苏联人的？这里的问题真够多的，还有意气风发的苏联军队合唱团和斗志昂扬的革命歌曲，我们不由得想知道接下来要发生的事情。我们很好奇。

此外还有这样一个苏联故事：电影《兵临城下》开场的时候，主人公瓦西里·扎伊采夫出现了。他还是一个小男孩，跟着爷爷一起去打猎。在林海雪原中，他正要集中精力射杀一匹狼，这时我们知道他内心在想些什么。当他用步枪向猎物射击的时候，他却有些犹豫了，这时大家更加紧张起来。他的机遇正在悄悄溜走。爷爷说，"马上开枪，瓦西里。快点！"我们始终不知道他到底有没有打死那匹狼。但是，我们的好奇心被激发了。我们被故事牢牢地吸引住了。

电影《星际之门》的开头是这样的：有一条外星飞船到访某个早期人类的村庄，并且射杀了一个村民。此后就发生了下面的情节：格林兄弟接到命令去求见珍·摩露，她先让他们看了一只水晶鞋，然后悠悠地说，"很久很久以前……"。在电影《后窗》的开头，观众可以透过主人公的后窗偷窥到对面所有的公寓里住户的生活起居。这些开场都不是动作片巨制的套路，但是它们都能引起你的思考，让你在观看的时候精神专注，身体也不由自主地在座椅上向前倾斜。

你的小说同样也能做到这一点。

你的故事有没有引人入胜的情节？你能不能让主人公做一些让人着迷的事情？故事里的坏蛋能不能做出一些非常残暴的事情，以至于读者想不被这个故事吸引也不行呢？如果你细心构思，我敢肯定，你一定能想出一些点子，让小说一开场就把读者吸引过来。好好想一想，如果你的小说开篇场面用上了这些手段，肯定也能这样吸引人。

为什么不干脆多管齐下呢？既然吸引读者是前50页的首要任务，那你为何不给自己要完成的任务加上双重乃至三重保障？在吸引人的片头场面之后何不再加上一组动作镜头呢？

电影《兵临城下》大获成功的原因正在于此。童年的瓦西里是否射杀了那匹狼这件事情过去多年之后，我们又跟着这位被派到斯大林格勒参加战斗的年轻小伙子到前线作战。跟随他的视野，我们看到苏联新兵成群结队地走下火车，登上轮船，在斯图卡俯冲式轰炸机的狂轰滥炸之下，大多数新兵被炸得人仰马翻，纷纷落水。幸存下来的新兵被派到了前线，长官要求他们向德国机枪战壕发起冲锋。那些临阵脱逃的士兵被自己的长官枪杀。现在，大家谈一谈这个故事有什么吸引观众的地方。

在探讨问题的时候，何不谈谈主人公身上有什么讨人喜欢的地方？还是以电影《兵临城下》为例。我们之所以马上跟瓦西里产生了情感联系，是因为大家体会到了他内心的恐惧，而且看到他的处境是险恶的。因为我们在电影开场时已经看到了他身临险境的情形，由此我们开始挂念他，但如今我们真的跟他站在一起了。经过那场惨烈的战斗，我们看到他不仅活了下来，而且看到他的聪明才智和射击技巧派上了用场，甚至还看出他是个彬彬有礼的人，这让他更加惹人喜爱，在战斗中他完成了真正的壮举。

我不知道你是如何看待这部电影的，但是，当我第一次观看这部电影的时候，我并没有感觉到"二战"时期的苏联狙击手有亲近感可言。我并没有研究过这段历史，所以这一切似乎都离我很遥远。不过，当我看完上面一组外围镜头之后，我就全心全意地移情到年轻的瓦西里·扎伊采夫身上了。我几乎不在乎将来会发生什么事情，我只想把这部电影看完。

一个引人入胜的开篇就拥有这种震撼人心的力量。它能让读者忘掉自己现实的生活和眼前的利害，让所有这些东西都逐渐淡出大家的视野，直至故事牢牢地把读者吸引住，无论作者要带他们到哪儿去，他们都渴望着跟随其脚步前进。

构建情感联系

吸引读者是你的头等大事。其他的事情你可能都做得很好，但是假如你在这个问题上犯了错误，你的小说终归会失败。不过，假如你能把这个头等大事做好，真正地做好，许多小说虚构方面的瑕疵都会被它遮盖住。

那么，你想怎样开始你的小说呢？你怎样才能俘获自己的读者呢？在后面的章节中，我们将讨论开始场景的诸多优缺点，还要探讨如何为主人公的登台首秀做好情节设计。但是眼下我只想要你思考如何让读者登上这条船，然后开始这段旅程。

小说的开篇要与小说的基调保持一致。如果你的小说写的是夏日恋人的甜蜜恋情，那你就不要用外星人入侵事件来吸引读者的眼球。你或许会让读者着迷，但是当他意识到你在忽悠人的时候，他还是会脱钩而去。因此，你要通过一种或多种途径激发读者强烈的兴趣或者带给读者震撼，由此让读者与主人公建立起情感联系。

如果你做到了这一点，读者就会积极踊跃地不请自来，无论他们是有意识地追求某种目标还是无意识地这样做，他们都想从你的故事中找到情感宣泄的契机。

5

主人公的引入

> 在情窦初开的阶段你必须走得小心翼翼；只有当你确定即便自己在路上摔倒也不会招致别人的嘲笑之后，你才会快步奔向爱人的怀抱。
>
> ——乔纳森·卡罗尔

在前一章里我们探讨了如何吸引读者的问题。这是你在前50页内必须完成的头等大事。没有这一点，其他一切都无从谈起。但是，前50页还有一个仅次于此的重要任务，即你必须为小说剩下的部分建立牢固的基础。开篇部分完全是围绕着建章立制活动进行的。

我们还要简要地探讨一下三幕剧结构的问题，但是在此我要声明，我认为第二幕是故事的核心部分。在整部小说中，真正有趣的事情就是在这个部分发生的。但是，你总不能径直从中间部分开始写起，那样的话读者就不会知道事情的来龙去脉。你不能让天行者卢克偷偷摸摸地绕过死星，此后直接拉开《星球大战》的序幕。读者心里会想："哇，这些都是什么人，这是怎么回事？"在震撼人心的情节发生之前，你必须打下基础，这样才能让剩下的部分具有意义。

如果你做对了，打基础的部分也会很有趣。

《写好前五十页》的第二部分就是要探讨建制问题。小说的开头部分承载着惊人的重担，也是小说其他部分获得成功的关键。我们将逐一探讨构成这个基础的所有组成部分。

你几乎可以用任意顺序把这些元素呈现出来。事实上，我自己也曾长时间地琢磨不同的组织架构（为我自己这本书打下基础），然后我才下定决心采用眼前的这个组织架构。

我们所写的一切都要以揭示故事背景为着眼点，带着这样的眼光来写坏蛋的登场、主人公的内心历程、首句以及其他一切内容。

我们首先要探讨的问题就是如何写好主人公的登台首秀。

寄予厚望

你怎样才能认识别人？你肯定得花时间与他待在一起。在我们和某个人相识相恋乃至终成眷属的过程中也有同样的原因存在：迄今为止我们看到意中人的一切都令人满意，但是我们还是希望能与这个人一起去拜访别人，这样我们就能透过更加宽广的角度、在更多的层面上了解这个人。无论是好是坏，我们都可能发现一些出乎意料的东西。当初我们眼中的这个人可能根本就是不真实的。

在生活中，我们有时会因为见面的场合而对别人有错误的看法。比如，我们在和一个女人的初次见面时，她正在教会的慈幼院做义工，因为当时有九个婴儿拉屎，而干净的尿布却只有六片，这让她有点儿不知所措。后来我们才知道，这个女人是当地大学的哲学系主任，她下周要到电视台与苏格兰的学者就创世论与进化论的问题展开辩论。我们不知要弄错几回才能明白这个人从事的是什么职业。

在小说中这个办法也是适用的。我们要认识小说中的人物，也要跟他们一起待一些时间。一开始，我们根据纸面上的介绍对于人物有了第一印象。如果作者的写作方法是正确的，我们最初看到的内容将得到我们以后看到的东西的印证与补充。

假如后面我们看到的人物形象与他的首次亮相并不相符，此时我

5 主人公的引入 | 75

们就是一再摇头也没有办法做出改变。我们就会说:"嘿,这个人不是这样的。他的真实身份是甲,你为什么让我感觉他是乙呢?"对于那些偏离性情的小说人物,读者并非总能欣然接受。

你如何展示人物的登台首秀,将在整个情节演绎期间对读者产生影响,所以这一点需要你多做思量。

在小说中,最重要的切入点是主人公登台首秀的地方。我觉得下面这样的情况是不可思议的:许多作者几乎不考虑自己对于主人公的首次介绍会给读者留下什么印象。在本章中,我们要学习如何做才是正确的。

这个人什么样?

这本书并不专门探讨小说的人物塑造问题。关于这个问题,我建议大家阅读我写的《情节与人物》。值得一提的是,你必须做一做人物塑造的功课。

正如前文所述,我认为所有的小说作者要么擅长情节的安排,要么擅长人物的塑造。也就是说,浮现在你脑海中的要么是剧情的构思,要么是人物的形象,你急于把它们写出来。如果你是一个擅长人物塑造的小说家,那么我要是建议你先把人物塑造好,你会赞成我这个说法。(另一方面,我发现很多擅长人物塑造的作者其实不做人物的功课,而是全凭直觉,我对此要嗤之以鼻了。)

如果你是擅长情节安排的小说家,你或许想直接跳过这一节不读。有必要专门买一本关于人物塑造的书吗?算了吧。人物,谁还需要人物呢?只要我有了男主人公、美女、搭档和反派人物,我的黄金人物组合就具备了。哦,我还有墨西哥人何塞,油滑的猴子歌箋以及不知天高地厚的贵族斯迈思。此外,还有一大堆老套的典型人物准备登上舞台。咳咳。好吧,请允许我提醒你,刻板的典型人物并不能成为好的人物。如果小说的人物是刻板的典型人物,或者千人一面、没有区别的克隆人物，这样的小说一般是得不到出版机会的。你必须弄清楚人物是什么样的人。

在下面这种情形下，影视编剧确实有一个可以偷懒的捷径，而小说家则必须遵守纪律。影视编剧可以使用刻板的经典人物，然后，下面接龙的导演、选角导演和演员则可以向这些单薄的人物注入丰富的层次感。编剧刻画出的人物可能只是一个普普通通的花花公子，而他这样做并不会受到诟病，因为男主角的演绎会给这样的经典人物赋予血肉，比如在《尖峰时刻2》中那个由杰里米·皮文饰演的范思哲品牌的推销员，还有《第五元素》中由克里斯·塔克饰演的鲁比·罗德。

但是小说家却不能奢望天才演员前来救场，通过演员的演技提升经典人物的形象，从而充实经典人物的内涵。小说家只能依靠自己写在页面上的文字，仅此而已。奇迹必须在字里行间发生。

所以，对于你来说，通用的典型人物是绝对不行的。平面刻板的人物形象肯定是行不通的。人物之间的差异绝不能仅仅停留在目标、情绪、功能和策略这些方面。

我之所以啰啰唆唆说这么多，是因为假如你把人物装扮成完美的典型形象登上舞台，从而为读者建立起正确的预期，这自然是你的美好愿望，那么你就必须弄清楚这些故事中都是什么样的人物。假如你连人物的核心特点都弄不清楚，你怎么可能恰当地刻画出人物的核心特征呢？请注意，你可以说"他想嫖娼"或者"她卑鄙无耻"，可是实际上没有这么简单。

你要把小说中的人物刻画成真实可信的人物，各个人物之间互有差异，这是前50页乃至整部小说的关键任务之一。在人物塑造方面你要做一做功课，然后你就可以驾轻就熟地为每个人物写出一场精彩的登场首秀。

先写序幕还是第一章？

在后面的章节中我们还会深入讨论序幕和前面数页的问题，但是眼下我想先简单地说两句。

你想怎样给你的小说写开头？我知道，回答这个问题正是本书的创作目的所在。但现在，你只要想一想：你对于第 1 页有什么设想？你觉得故事应该从主人公本人开始写起，还是应该先通过一套动作场面刻画反面人物，从而吸引读者的眼球？

我之所以要问这个问题，是因为这将决定你引进主人公的方式。假如你的小说一开始就让主人公站上了舞台，那么开幕的场景也需要发生一些有趣的事情，以便吸引读者的眼球。为了让读者与主人公产生情感联系，下面这个办法是很好的：主人公弯腰帮助一只流浪小猫，这一幕虽好，但是还不足以让读者上钩。所以，你得让她弯腰帮助小猫这个事情取得一箭双雕的效果，她这样做的结果还能延缓外星人的入侵。

这样做可以了，但还不算太好。问题在于，假如小说的主人公一开场就站在舞台上，那么主人公就需要完成双重任务。它必须既能钩住读者，又能把主人公典型化。有些故事情节是无法承担此类任务的，有些作者感觉让主人公身兼二任这样的做法就是作者人为造假，企图让主人公做一些自身本不该做的事情。在这种情况下，你的序幕部分最好另选一个人物作为叙事焦点，然后在第一幕再把主人公搬上舞台。

（关于序幕部分的优缺点详见第 9 章的相关论述。）

有些电影的开场就要展现主人公正在做一些有趣的事情，詹姆斯·邦德系列电影就是一例。通过序幕部分的动作场景，我们初步知道这个人物是什么样的人，他有哪些本领，同时也有助于通过激烈的动作场景吸引读者的眼球。因此，一箭双雕是可以做到的。比如，电影《亚特兰蒂斯：失落的帝国》（迪斯尼动画片）的开头就是一个序幕，它先描写了亚特兰蒂斯的毁灭，然后才引入了主人公米洛·萨奇。

假如你决定让主人公在小说一开始就登上舞台，那么请记住，在刻画主人公的同时还要引起读者的兴趣。假如小说的开头场景是一个聚焦其他人物的序幕，那么主人公的登台首秀场景就可以写得更加从容一些，你可以集中精力把他写得讨人喜爱，而且让读者与之建立起情感上的联系。然后，读者就被你收入囊中了。

捕捉主人公的本质

无论主人公的登台首秀是在第 1 页还是在序幕拉开之后，你的绝大部分任务都是一样的。你让主人公登台首秀的总体目标可以细分为很多部分，但是首先你要让读者明白这个人本质上是什么样的人。随着故事的展开，我们对这个人物的了解肯定会增加，但是第一印象至关重要。

主人公实质上是什么样的人？现在你当然已经知道这个问题的答案，因为你已经对人物做过功课。你知道她的驱动力是什么，你知道她身上有哪些英雄主义精神或者讨人喜欢的地方，你知道她遇到了哪些麻烦，你知道她的性情。眼下你应该把这些都打扮一番，然后呈现在读者眼前。

比方说，你的主人公是崇高的，但他也很郁闷，因为他的家人都已经不在了，他眼下不想跟任何人打交道……难道不是这样吗？他认为自己只想一个人孤独地度过余生，而且他肯定也不想保护任何其他孤苦无助的人，因为假如他能助人，他就不会失去自己的家人了，对不对？

你怎样利用一个场景来呈现这一点？

我们已经知道，我们不能直截了当地说，"吉姆很沮丧，因为他惨遭灭门之祸，眼下他只想一个人待着。"因为这样的写法是叙述，这会让出版商拒绝你的书。所以，你怎么使用场景展示的办法来呈现这一点呢？

来吧，开动脑筋，专注地把小说写好。你能创造出一个什么样的场景，把这个人物的这一处境揭示出来呢？

我们眼下要左右开弓地实现双重目标：（1）把人物的主要特征单独列出来；（2）在一个场景中把那个特征刻画出来。而且很明显，这样做的先决条件是要明确主人公的主要特征是什么。那么，主人公的主要特征是什么呢？

假如你的主人公是一个女人，但缺乏女人味，她更喜欢跟男孩子打成一片，而不能与女孩子处好关系，她的男性色彩中也包括传统男性的霸气，比如激进的我行我素倾向以及反对妥协、盛气凌人的特点。对于这样的情况，你该怎么写？

当你思考该如何完成这一任务时，必然要考虑到那些我们迄今尚未探讨的要素，比如小说的流派、建置和时代的问题。这就是为什么我要说这些要素的探讨顺序可以是任意的。现在，先不要让故事的其他因素干扰我们。你只需要考虑主人公的本质是什么，以及你可以怎样把它放在一个场景中加以呈现。你可以晚一些再想想如何把这些植入具体的故事世界中。

一旦你把这一部分想通了，这种植入过程其实是很简单的。你需要先用眼睛盯着自己的故事世界，看看故事对你提出了哪些要求，然后还要努力弄清楚人物的核心特征以及把人物的本质呈现出来的方法，这样一来事情就有些难了。对于小说创作来说，先理论后实践几乎总是最好的选择，而不是恰恰相反。

你得先花些时间弄清楚主人公的本质特征。然后再花几分钟集思广益，想出四五个在场景中把那些特征突出表现出来的方法。现在你还不必做出决定。事实上，你还需要考虑别的一些要素，之后才能锁定人物登台首秀的场景。不过，在场景中揭示人物的本质才是你的主要任务。

何不用画面呈现？

如果你的主人公要人给他画一幅肖像，他想以何种面目示人？我说的不是现代风格的人物肖像，在画现代肖像画的时候，你只能选择黑色背景、白色背景或者前面带有木栅栏的森林背景。我说的是老派的肖像画，比如文艺复兴时期的那些肖像画，里面包括了许多其他要素，以便传达人物的激情、历史和生活。

伊丽莎白一世，英国的舰队肖像画，乌邦寺（乔治·高尔，创作于 1588 年前后）

这是伊丽莎白一世的一幅肖像。她穿着一套令人印象深刻、华贵的礼服，为了配合肖像绘制，她的头发梳理得一丝不苟。一切都很好。但请注意其他的要素。她把自己的手放在一个地球仪上面。那是什么意思？当然，这表现出她对于英国之外地区的兴趣。那里的陆地是什么样的？也许还是未知领域。

她的王冠搁在身边的基座上。为什么？因为她不喜欢王冠弄乱自己的头发？还是因为她的个性就是放下架子，只想表现得像一个常人？我不知道，但这幅画是耐人寻味的。透过她的肩膀上方的窗户……哇，好吧，似乎在说明她的海军是强大的。但这幅画究竟是什么意思？也许这是一个"之前和之后"的故事。一开始，在充满希望的阳光下，她派出自己强大的海军到全球追求财富。但随后风暴就要来到了——船只的失事和舰队的毁灭。难道说她派出舰队就是想让它们遭到厄运？还是说这幅画描绘的是她的国家对于公海的征服？我们找不到任何线索。

相较于直接用镜头照出她的模样，这幅肖像画是不是有趣得多？

现在我们要给你的主人公画一幅肖像。

如果你的主人公知道，我们将以在这里看到的风格给她画一幅肖像，她想让你在画像中放入哪些东西？她会怎样穿着打扮？她会坐在哪儿？甚至她会不会让你画她坐着的样子呢？她会把手放在什么东西上面？窗外有什么东西？她身边的桌子上要摆什么？

这些依然取决于人物的核心特征，不过要将其发扬光大。当你知道主人公本质上是什么样的人之后，你就可以想办法把它呈现出来。

你要替自己的主人公做好这件事情。在这幅肖像画中，他想被画成什么模样？这幅画像需要哪些因素才能抓住他的性格特征？

然后，我们还要进一步做这个练习：你要创建一个能够捕捉主人公平日性格的小小的电影场景。当你做这个练习时，用不着担心你的书属于哪种小说类型、环境或其他任何东西。假如她需要做一些事情，在人类历史上的任何时间（或在任何虚构的未来或空想的乌托邦），她会想做什么样的事情？这时候你要问自己，"假如她可以开上极品跑车，那个场景会是什么样？"即使你的角色生活在没有汽车的时代，当你寻找适合人物的最佳场景时，还是要有一点儿疯狂的想法。

我们的想法是，你要让自己确认真正的他是什么样的人。假如这个人物被送到《暮色区域》，而且可以随意沉迷于自己适合的活动，那会如何？

他在泳池旁边消磨时光，在遮阳伞下喝着冷饮，而同时在游泳池中还有几十个被他救出来的孤儿在嬉戏。会不会这样？在与坏蛋战斗期间，她漂浮在太空中，修复太空战舰。会不会有这样的事情？在森林中有一棵大树，他住在高高的树洞里，整天在那儿写十四行诗。会不会这样？

她在做什么事？他会与谁在一起？她如何穿着打扮？他在谈论或思考什么问题？最重要的是：为什么人物要做出这样的选择？以此作为这个人的核心特征的极端表现或者展示，效果如何？

等你把这些内容写下来之后，就可以让主人公首次登台了。

如果你是一位擅长情节安排的小说家，你会感觉讶异，为什么我要"浪费"时间让你去考虑人物塑造的问题，但我向你保证，当你开始写小说的时候，这样做会让你在未来受益匪浅。

这项工作能让你抓住主人公到底是一个什么样的人。当她进入一个紧张的场景而你却不知道她会怎么做的时候，你可以回想一下这个简短的场景模拟，然后再把它读一遍。它会让你重新掌握人物的核心特征，让你琢磨出在这种情况下她会作出怎样的反应。

顺便说一下，人物塑造的功能远不止这些。在《情节与人物》中，这个理想化的自画像场景练习是最后的收尾工作，这样做的目标是保证我们对于自己的人物了如指掌。所以，在此之前你还要做更多的工作。但假如你急于写作或者还不确信要不要做人物的功课，或者假如你已经完成这项工作，这样做至少在你开始写书的时候能对你有所帮助。

在移植中发现点子

现在，让我们把《阴阳魔界》的那个极富理想主义、色调清纯的人物特写场景移植到你的故事中来。

此前我们说过，有一个郁闷的人物，他失去了家人，只想一个人待着。比方说这个人物就是你的主人公，你写的是冰河时代即将到来之前这个人的生活经历。在这样的背景下，你要怎么揭示他的本质？他不可能与社会生活完全隔绝，独自一人生活在空间站里，你在做肖像练习时也会这样描绘他。在冰河期之前的日子里，他肯定也生活在地球上。你甚至可以把他刻画成一个遗世独立的史前动物。

你可以展现下面这个场景：成群结队的史前生物正在迁徙途中，要避开步步进逼的冰川，但有一只猛犸象则反其道而行之，他的脚步不是从冰川逃离，相反是偏向虎山行，迎着冰川走去。他的行进方向与周围所有动物的方向相反，这样你就把他描绘成了一个异类和反社会的个体。而且他的脾气很暴躁。他弃明投暗，朝着别人避开的冰川进军。他很郁闷，想一个人独处。

在《冰河时代》中，我们在遇到主人公猛犸象曼尼的时候，他就是这样的。

我们第一次看到他的样子清楚地揭示了他的核心特征。不久，我们还会看到，尽管他有点儿小气，不过确实渴望能够保护弱小。制片人做过人物塑造的功课。他们考虑到了主人公的核心特征是什么，以及在故事的背景中他们要如何把这些特征展现出来。这是了不起的故事讲述手法，你在自己的书中也要这样做。

假如你的小说中有一个没有女人味的女人，你该怎么办？她感觉待在体育馆的更衣室要比待在妇女的化妆间更让自己舒服。她做得更多的是打嗝或者吐痰而不是拿出一管口红。如果你对这个人物做了画像练习，可能会让她成为大学橄榄球队中唯一的女队员。你可能让她跟老板吵架，这并不是因为老板做错了什么事，只是因为这个女中豪杰不喜欢别人给自己规定的条条框框。

或许你可以给她穿上没有性别特点的服装，让她充当警察局在犯罪团伙组织内部安排的卧底。你还可以让她率性瞎闹，从而让卧底计划泡汤，因为她在行动时丝毫不遵守纪律，而且自信地以为只有自己才熟悉情况，最终她的卧底行动以失败收场，而这威胁到了同事的生命安全。

我们遇到格雷西·哈特的时候，她就是这个样子。她是桑德拉·布洛克在《选美小姐》中饰演的人物。这些作者从人物的性情与"麻烦"出发，再把人物置于某种适于呈现它们的情境中，从而把这些要素演绎出来。

值得一提的是，无论是格雷西·哈特还是猛犸象曼尼，他们在故事开始时表现出的样子与最后表现出的内在实质恰恰相反。格雷西是一个极端男性化的假小子，她要参加一场选美比赛，把自己伪装成世界上最有女人味的女孩。而猛犸象曼尼呢，一开始他心情郁闷，远离人群，独来独往，后来有了一个新的小家，他必须领导、爱护这个小家，最后他扮演了父亲的角色。

我们在这本书中详细探讨这一问题还为时太早，不过出色的人物介绍部分要能揭示主人公内心旅程的起点。他在起点的初始状态与他抵达终点时的最终状态往往形成鲜明的对照。

一切取决于此

精彩的人物介绍对于小说的成功必不可少。对于任何优秀的小说来说，它都是少数必备的要素之一。

我前面提到过电影《亚特兰蒂斯：失落的帝国》中的人物米洛·萨奇。初次登上舞台的时候，他正在给一所大学的校董们做一个学术演讲。他提出了自己的一套理论，阐明了可能发现亚特兰蒂斯遗址的地点。他展示了一套地图、文物和出土文献。尽管还很年轻，不过他拥有热情和自信。

另外，他的听众并不是大学的校董会。当灯光亮起的时候，我们才知道他原来只是在做一次模拟演讲,他的听众只有模具和骷髅。这时有人打电话找他,并非邀请他去做正式演讲,而是让他把锅炉的管道修理一下,因为暖气管不热了。

这种揭示方法相当了不起,主人公的梦想和他的真实身份都让我们一览无余。虽说他不乏激情与学识,但却是一个怀才不遇的人,所以我们马上对他有了好感。我们希望他能成功,唯一的原因是这个人物介绍写得非常精彩。

想一想灰姑娘、印第安·纳琼斯(《夺宝奇兵》)和小狸猫 R J (《篱笆墙外》)的精彩人物介绍,木兰、国防部军事情报局(《卑鄙的我》)、哈利·波特和杰克船长的介绍也很精彩。研究这些人物介绍,然后再决定如何完美地把你的主人公送上舞台进行他的首秀。

次要人物的介绍

精彩的人物介绍并不仅限于主人公。你还应该考虑少数其他人物如何出场:反面人物、浪漫情人以及小说中其他的重要角色。

汉·索罗并非《星球大战》中的主人公,但谁又能忘记他在莫斯·艾斯利酒吧所说的"很抱歉这里十分混乱"这句开场白呢?乔恩·洛维兹在塑造美好的小人物上很有一套,《婚礼歌手》、《三个朋友》等多部小说中那些短暂而辉煌的角色可以证明这一点。其实,这些人物都是作家们塑造出来的。这是你的工作。

在电影《通天神偷》中,利兹(由玛丽·麦克唐纳饰演)是浪漫爱情的对象。我们第一次遇见她的时候,她在一个精英艺术学院里与年轻的天才钢琴家一起工作。她周围的一切、她的职业、衣着和言行举止都彰显并宣示了阶级优越感,这与她昔日男友破破烂烂的牛仔裤和运动鞋形成了鲜明对比。

我们第一次看到反面人物卡尔(比利·赞恩在《泰坦尼克号》中饰演的人物)时,他表现出一副傲慢不羁、不可一世的贵族形象,他把仆人视为自己的财产，紧紧地约束着未婚妻的手脚。他登上舞台还不到30秒钟，我们就对他没有丝毫好感了。这个人物介绍是很精彩的。

次要人物不需要像主人公那样进行深入全面的介绍，但如何让他们上台首秀还是值得认真思考的。

第一印象很重要

如何介绍你的主人公呢？如果你要在小说的开头就让主人公登上舞台，那么除了我们在这一章谈到的其他要素之外，你还需要使用一些动作来吸引大家的眼球。你不仅需要展示主人公的核心本质并在具体的剧情中把它们呈现出来，还需要把它们设置在一个场景中，无论如何处理主人公，这个场景都必须是有趣的。

怎样做到这一点呢？你的主人公有哪些本质要素？接下来，我们要谈谈人物介绍中还应包括哪些有效的成分。但现在你应该开始有一些想法，你不仅知道需要做哪些介绍，而且知道如何顺利地完成这个介绍。

你可以把人物介绍当做短篇故事来写，创作这些独立的小短篇的目的是为了把主人公呈现在读者眼前。它们的目的不仅是为了引出人物，还可以把它们视为人物的简历和名片、简短的镜头，来说明这些人本质是什么样的。

多年来，与我在工作上打过交道的大多数小说家都不会自然而然地想到要写这种介绍人物的短篇故事。他们一门心思地跟着主要剧情走，几乎从来没有想过读者将以什么样的方式与主人公见面。这一步必须慎之又慎，只有这样，主人公才能在读者的心目中"安营扎寨"。可以看几部电影，看看它们是如何介绍主人公的。然后坐下来写一篇简短的故事，介绍一下自己的主人公。

要记住，你要把主人公惹人喜爱的地方呈现出来。第4章和第5

章都涉及了这个问题。主人公的引见部分要彰显其英雄本色或者值得同情的一面，这样你就吸引了读者。你要让大家关心他。

第一印象的影响确实很大，在小说中尤其如此。有了第一印象之后，我们对于这个人的未来就有了一些期待。从某种意义上说，它们决定了未来。人物介绍这个部分埋藏着整个剧情的伏笔。我们看到了人物的雏形，我们知道是什么促使他英勇善战，此外我们还知道他未来会有什么成就。

6

建立主人公的常规

> 每一个崭新的开端都起始于其他开端的结束。
>
> ——塞内卡

假如在电影《泰坦尼克号》开始的时候，这艘船已处于沉没的过程当中，这样拍行不行？假如《第三类亲密接触》开始的时候太空母船已经到来，而主人公正要登上这条船，这样行不行？假如《当你睡觉的时候》开始时露西已经和彼得、杰克及其家人成了知根知底的熟人，这样行吗？

在我看来，这些问题的答案很可能是"不行"。

如果泰坦尼克号正在下沉，我们看到的就是这些人物跑来跑去、互相追逐，这样给观众留下的视觉印象可能很热闹，但是我们和这些人并未产生任何情感联系，所以我们也不会关注这样的剧情。如果我们看到各种各样的人物列队走进了外星人的飞船，我们的兴趣也将是不温不火的，并不会有震撼人心的效果。如果我们看到一位年轻女子被一群各色各样的人物包围，或许我们很想知道更多情况，但是我们没办法知道这一切的来龙去脉。

在小说的开头部分，你不能让主人公做整个故事中最重要的事情。在后面的章节中，我们还将讨论从故事的中间部分开始写起的小说，但是无论你的小说是从剧情的中间部分开始写起的，还是花了很大篇幅创作闪回情节的倒叙内容，你都不可能从故事的高潮部分开始写起，否则读者根本就不会在乎你的故事。读者根本无法与剧情产生情感联系，那么故事最强大的精彩瞬间就被你白白浪费掉了。

在你可以有效地实现故事的目标之前，必须先把各项要素设置好。你必须介绍人物，完成建制，设计利害关系，等等。

在违反常规之前，你必须首先把"常规"建立起来。

所谓"常规"，指的是在故事的主要剧情到来之前，基本情况是什么样的。这属于发生在你的书"之前"的内容，它与"之后"的内容形成对照。我们要知道正常的情况，然后才可以理解主要剧情有哪些方面偏离了正常轨道。如果你希望读者能够跟得上你的故事，就必须做好这个建制。

我把这一章的内容接在如何介绍主人公这一章的后面，因为两者探讨的主题是相互交织的。

主人公的常规

在故事开始之后、主要行动尚未开始之前，你的人物是什么样的？他面临着什么境况？他有没有工作？他上学没有？他是露宿街头还是身居豪宅？他大部分时间是在什么地方度过的？在奶牛牧场里，在地窖里，还是在绕着参宿七的卫星飞行的飞船上？

他面临着什么问题？一个多管闲事的母亲？一场可怕的瘟疫？身体上的残疾？他目前的情况如何？他的日常生活是怎样的？他遇到了什么挑战？

更重要的是：他有什么梦想？他有什么目标？他最为珍视的希望是什么？如果有一分钟时间他可以获得一切能力，他会怎样改变自己的生活？

请记住，这些内容你都不能直白地告诉我们："他跟祖母住在一起，但他梦想着有朝一日成为一名从事刑侦工作的昆虫学家。"你要把这些事情给我们呈现出来，为了揭示它们，你要写出一些场景来。

在第 8 章，我们将讨论主人公的内心旅程，以及在出发的时候他在旅程的哪个地方。但是目前，我只想让你看到，当帷幕拉开的时候主人公平凡的日常生活是什么样子。

你很可能会用很多介绍主人公的场景来回答这些问题，可以把所有这些想法简要粗略地写在页面旁的空白处。通过展现他在日常工作中做事的情况，你可以很好地把主人公的本质展现出来。

在《二见钟情》中，我们第一次看见的是成年的露西，她坐在地铁收费厅里卖门票，同时梦想着甜蜜的爱情。不久之后，我们看到她跟自己的猫待在小公寓里面。

我们第一次看到清扫机器人瓦力的时候，他正在工作，独自一人在巨大的城市垃圾堆中干活儿，他在清理垃圾，玩他发现的东西。不久之后他回到家中，这时我们看到他孤独的生活是怎样的。

由此你是否发现了一个趋势？展现主人公的工作和/或家庭生活是构建其常规的好办法。选择在家里或蜗居的地方，利用一切细节来塑造人物，这个办法很不错。想想在电视剧《生活大爆炸》中伦纳德和谢尔顿的公寓。只要看一眼人物动作，看看电影的辅助道具、经典科幻电影海报、人物收藏的漫画书、高端的电脑设备，你就对这些人有了很多了解。

假设你正在为自己的主人公建造一个动物园。如果你要给她建造一个栖身之地，展现她熟悉的环境，你要把哪些要素包括在内？当你创作那些描写她的常规场景时，你要把这些东西都写进来。

在《加勒比海盗：黑珍珠号的诅咒》中，我们第一次看到杰克船长的时候，他正在船上出海航行。在我们的预期中，这是一艘一往无前的海盗船，在波涛之中劈波斩浪。相反，我们看到的是一条几乎要沉没于他脚下的小帆船。当船要沉到水面下的时候，杰克踏上了码头。而且,由于他没有船了,所以不用交停泊费了。

根据上面这个场景,我们知道了杰克的哪些常规?我们知道他穿的服装可能像海盗,但是不知道他是不是一个真正的水手。我们知道他有派头,还有装满幸运的大箱子。我们甚至感觉到了他的性格,还知道无论是出于自主选择还是被逼无奈,他很可能靠自己的好运做到了很多事情。我们看到他语速很快(这有点怪异),还是一个无耻的扒手。在他的第一页台词结束之前,我们就对这个人物有了很多了解。

主人公的家

让我们来描写一下主人公的常规。在电脑上新建一个空白文档或抽出一张白纸,让我们展开一次头脑风暴。

主人公在哪儿生活?即使你在小说中根本不用展现这个地方,也要确定他的住处是什么模样。当然,在故事开始的时候,她想住在哪里跟她实际上住在哪里或许完全是两码事。你要把这两个地方都描绘一下。

吉尔·威廉姆森的小说《隐身黑暗》开始的时候,主人公生活在小封建地主的庄园里,住在厨房地下室的楼梯下面。故事结束时,他生活在一个完全不同的地方,但是开始时他的生活就是那样。这就是他日常的住所。

假如主人公有机会装修自己的住所,她会怎么装修?在伦纳德成为他的室友之前(《生活大爆炸》),谢尔顿用早期美国风格的纸板对公寓进行了装修,并配有草坪、椅子、家具。人物还需要别的什么东西?在《歪小子斯科特》中,我们知道自己看到公寓里的哪些东西属于斯科特,哪些东西属于他的室友(斯科特的东西都是俗气、杂乱的,而华丽雅致的装饰品都是华莱士的)。拉斯(瑞恩·高斯林在《拉尔斯和真实女孩》中饰演的人物)住在弟弟家的车库里,那里没有什么家具。而在桑德拉·布洛克的电影中,你有哪一次看不到作者自己的公寓?

展示主人公的家可以很好地建构主人公的常规。你的主人公的家是什么样的？这样的家属于哪一类？家里有多少人？它是漂亮的还是简陋的？它是不是坐落于城市的好地段？一般情况下，家里的杂乱程度如何？墙上挂着什么（摇滚乐队的海报、武士刀、填充了毛绒的兽首、老旧的保龄球衬衫……）衣柜里有什么？桌子上有什么？如果有娱乐设备的话，都有什么？冰箱里有什么？后院有什么？草坪是否修剪过？前廊有什么？车库里有什么？有没有宠物？什么样的宠物，数量有几个，它们的健康状况如何？

当然，假如这是一个西部小说、一个幻想小说、一个科幻小说，或者在史前时期发生的故事，这些问题可能就没有实际意义，因为这些都是我自己虚构出来的。但你仍然可以想出办法来，通过揭示主人公的家居空间来展现他的常规。

确实，你可能永远都不会写主人公家里的场景。没有关系。你依然有必要知道主人公的家是什么样的。假如你最后确实要到那里去，那么你就已经做好了准备。有时，只要你详细地创建了一个地方，你就有办法把那个地方写到故事中。就好像有一个引力拉着你，让你在那儿写出一幕剧情。假如这对于你的故事来说是没有意义的，那就不要强迫自己写这样的场景。但是，假如这对于你的故事是有意义的，那也不要避开它。

如果你不能写一个主人公家里的场景，那么在主人公的车里写一场戏怎么样？或者主人公的马厩、他的飞船，或者他的游艇？交通工具是揭示人物性格的另一个好办法。这样做就是为了建立他的常规。

主人公的工作场所

大多数故事中的人物都有一份工作。他们从事某种工作，这个工作可能是推动巨大的轮子围绕着石磨转圈研磨谷物，作为军人参加战斗，或者去上学。当然，有些人物是无业游民、花花公子、婴幼儿或退休老人，但在很多情况下，主人公每天都要从事某种劳动。这个工作是什么样的？

想一想，什么样的工作是你的人物最擅长或者喜欢做的工作？这取决于你的故事需要。阿甘在他的生活中做过各种各样的工作，但他最喜欢的是为阿拉巴马州的绿茵城修剪草坪。清扫机器人瓦力似乎最乐意慢慢腾腾地清理城市垃圾，他真是很适合做那份工作。医生阿伦·格兰特（萨姆·尼尔在《侏罗纪公园》中饰演的人物）在故事开始的时候是一名马上要出发去实地考查的古生物学家。有时展现出主人公正在做他最擅长的事情是最好的选择。

另外一些时候，最好让他做一些自己力所不及的事情，我们看到《亚特兰蒂斯：失落的帝国》中的米洛·萨奇就是这样的。《隐身黑暗》中的亚干是在楼梯下睡觉的那个小男孩，他是天生的统治者，而不是卑躬屈膝的下人，然而开始并不是这样的。对于那些描写白手起家、从穷到富的故事来说，灰姑娘在故事在开始时的处境比较典型。

你的主人公是做什么工作的？你为他构思了理想的好工作，但在故事开始的时候他就干上了这个工作吗？假如并非如此，在帷幕升起的时候他在做什么工作？

他是什么样的人？他的处境如何？在前50页范围内，主人公的工作或工作环境是揭示这些信息的重要来源。他与老板关系如何？与同事关系如何？他的格子间、驾驶室、球队更衣室、军事位置，这些工作空间是什么样的？如果他有机会根据自己的喜好来私人定制自己的工作空间，他会对这个地方做哪些改动？

主人公的日常处境

家庭和工作是展现人物常规的两大方面，大多数人物平时就是在这两个地方度过的。不过有些人物会离开这些地方，或者外出旅行。除此之外，人物的生活还有一些方面应该在前50页揭示出来。在罗列它们的时候，你要给每个范畴都想出两个构思选项，并把它们写进创作笔记中。

首先，主人公有哪些主要的社会关系？单身？有没有孩子？是否与父母生活在一起？有没有室友？在主人公的生活中，有没有别的重要人物？她是不是经常与中学时代最好的朋友一起逃学？在生活中有没有人欺负他？在人际关系方面，谁是她的盟友？谁是她的敌人？他有没有女朋友，或者前任女友，或多个前任女友？工作关系与私人关系有没有交集？哪些人奉承她？哪些人是她的粉丝、暗恋者、有趣的邻居、仆人、心腹？

读者想知道主人公的生活如何，包括她生活中的人脉圈子（也可能是动物、有感知能力的机器人或者有隐身能力的无形朋友）。通常，朋友可以有效地揭示主人公自身的新信息。要么通过朋友展现主人公的底线在哪里，要么朋友与主人公之间在某一重要方面形成鲜明对照，起到绿叶配红花的烘托作用。

或许你的故事不需要揭示任何这样的人物，或许你的故事里根本就没有别的人物。比如像《荒岛余生》或者《机器人总动员》这样的电影。但这种情况值得你深思。人们通常都希望有人陪伴，即便陪伴他们的只有宠物蟑螂或者装饰过的排球之类的东西。你的主人公也不例外。在前50页范围内，你应该把主人公的人际关系揭示出来。

主人公的期待也同样要揭示出来。构建主人公的常规有一个或许最重要的组成部分，即向大家展示她有哪些期待。你的任务是向我们展示她的生活状态，以及对于可预见的未来，她对自己的生活有什么期待。在这个意义上，常规状态是主人公日常生活中固定不变的东西，就像一汪波澜不惊的池塘，而你的故事则要往这个池塘里投入一块鹅卵石甚至是一块陨石。

主人公对于以后两周有什么期待，你要把它们写下来。假设其他一切保持不变，主人公很可能要做这样的事情。六个月之后他要做的事情又是什么？三年以后呢？当你构思这种期待的时候，你要进一步预测一下，主人公自以为她以后的生活会是什么样的。如果她展望自己的余生，觉得自己身上什么事情的发生概率能达到 75%？

你很可能希望改编一下自己所写的故事，关键在于你要知道她有哪些期待，并且把这些期待展现给读者。只有把这些期待设置成小说的上下文，我们才能全面感受到偏离这条轨迹将带来哪些影响。

机器人瓦力清醒地认识到，自己的余生就是每天把垃圾压成小方块，然后把它们一个一个堆积起来。日复一日，这样的生活似乎看不到尽头，除了蟑螂之外也没有什么人肯做他的朋友。闪电麦昆在《汽车总动员》里以为自己注定要成为活塞杯汽车赛的赛车之王。《隐身黑暗》中的亚干认为自己的余生将会是一个流浪汉（比奴隶地位还低一个阶层）。灰姑娘当然认为自己遭受虐待的日子也是没完没了的。

布鲁诺是演员阿沙·巴特菲尔德在电影《穿条纹睡衣的男孩》中饰演的人物。因为父亲在军方供职，他只得跟随家人从柏林搬到乡下，但是他没有理由相信自己的优越生活从此将被打断。

包括主人公在内的所有人物都必须有屋漏偏逢连夜雨的人生经历。你的故事要彻底打破人物的美好期望。下面的做法可能让人感觉有点儿像虐待狂：你一方面要让主人公的脑子里充满这样的美好期待，同时心里知道你打算给人物以沉重的打击。啊，这就是身为小说家的喜悦。

你还需要向读者展示主人公生活的第三个方面，即他的希望和梦想。对于自己能否实现美好期待，人物或许是无能为力的，但是他的渴望却数不胜数。他希望将来有一天自己的理想之船会驶入港口。有一天，她的仙女教母会降临人间。有一天，他的一切苦难终将成为历史，被他抛在身后。

你的主人公希望实现哪些愿望？假如她可以许下三个愿望，它们都是什么？假如他想提高自己的地位或者改善自己的处境，他都有哪些打算？

在前 50 页范围内，你的主要任务之一就是让读者与主人公产生情感联系。实现这一目标有一个很好的方法，即你要向大家展示她渴望变成什么样的成功人士，尤其是当这个愿望似乎永远无法企及的时候。我们往往倾向于提携弱者。我们支持勇敢的孩子拥有自己的梦想和追寻梦想的魄力。因为我们自己也有梦想，而且我们知道遭遇挫败有多么痛苦。有时候，当我们看到一个人物鼓起勇气追求梦想时，我们也需要这样的动力为自己加油。

你的主人公有哪些希望？她如何追求梦想？这个梦想是不是可以实现的？把你的想法写下来。

主人公住在森林里，她坐在家中，白马王子会来到这里，然后把她带走。是这样的吗？他每周七天都在篮球馆里发奋练习投篮。这行吗？她学习普通话，希望到中国从事救助孤儿的工作。她的希望是这样吗？他上夜校的目标是想拿到餐饮管理专业的学位吗？

你要通过展示而不是叙述的方式把主人公的梦想自然而然地呈现出来。不要直接说出下面这样的话："她渴望成为一名厨师。"相反，你要向大家展示主人公一边反复播放烹饪节目的光盘，一边认真地试做自己在节目里看到的菜品。你不必说："他想成为电影明星。"你必须让他一次次地去片场试镜，也许他一会儿为一部电影试镜，一会儿为百老汇的剧目试镜，一会儿为牙膏广告试镜，当他离开一个试镜地点之后，他的疲态就增加了一分。好吧，道路是曲折的，但这一切都与你的创作技巧有关。

问题究竟是什么？

主人公的梦想具有一种推动力，可是这种力量或许不会立即显现出来。在主人公最珍视的梦想和最积极的希望（即便她本人并没有清醒地意识到这一点）当中，哪些迫切的愿望能够为整个故事的大问号打下基础？

这个故事的大问号听起来很玄妙，但其实很简单。换句话说，这个问题就是：主人公能否如愿以偿地实现梦想？

如果主人公的梦想是找到爱情，她找到了吗？我的意思是说，在这部小说中她找到爱情了吗？如果主人公渴望去冒险，他是不是真的冒险了？这个问题也完全是一个心理上的问题，我们要窥见主人公的心灵深处。假如成为一名厨师并非主人公的内心渴望，而且她的行为说明，她这样做只是为了取悦自己的母亲，那么，在这本小说中她能否实现这个目标？猛犸象曼尼只想独处，但他真正想要的却是重新拥有一个温馨的家庭。他能否在世界上找到这么一个家就是故事的问题。

那么，你的主人公的故事问题是什么呢？他有什么梦想……他能否实现这个梦想？

写出五六种主人公可以表现真实愿望的方式，再想出五六个实现愿望的途径。然后再想一想自己是不是想让她实现这个梦想。

一个强大的小说创作方法是揭示出主人公的"黑洞"，然后使出浑身解数去填充这个黑洞，不过最终这个黑洞可能也没有得到填补。读者会感觉到黑洞那种真空般的吸引力，而且希望这个真空得到填充。是否要这样做就看你如何决定了，不过，明白了是这个动力在起作用，你就可以管理好读者的期待和希望。

当你掌握了它们（正如你管理读者的期待一样），你还要增加悬念。我称之为简·奥斯汀特效。你要让读者认为男女主人公永远不可能走到一起。直到故事结束，两个人都不可能终成眷属。你要让主人公拥有一种好事多磨的焦虑，对此读者一定是又爱又恨。有一个很好的例子，建议你看看《婚礼歌手》。虽然你也可以这样做，不过最好让故事的问题得到一个如愿以偿的肯定回答，否则读者不会满意。

主人公能不能实现自己最刻骨铭心的愿望呢？伙计，这就是整个故事的大问号。

让我们感同身受

当泰坦尼克号开始下沉的时候，为了让读者替杰克和罗丝担惊受怕，你最好向我们介绍一下他们的处境，展示一下他们的关系，透露一下他们的梦想。然后，当甲板向一侧倾斜并且船体开始进水的时候，主人公被手铐铐在了水管上，坏蛋拿着枪赶过来……这时候，我们就会感觉到揪心了。哦，我们肯定会感同身受的。

在《第三类亲密接触》中，当罗伊·内亚里和其他人都穿着太空服列队走进太空母船的时候，我们最好早已对他有所了解，知道背后有什么力量驱动着他，他曾有过什么样的经历，否则离开地球之后，他是死是活跟我们又有什么关系。但是，假如他已经成为我们的朋友，我们肯定会在乎的。

假如我们看电影《当你睡觉的时候》的时候，看到露西一个人跟她的猫一起住在家徒四壁的公寓里，圣诞节还要独自一人在收费站上班，因为她是那儿唯一的单身员工，那么当我们看到她与一个代理家庭待在一起的时候，我们肯定打心眼儿里感觉高兴。当欣喜若狂的亲人、最受欢迎的叔叔和帅气的追求者把她包围的时候，我们也会跟她一样感觉喜悦。但是，假如我们之前并没有看到她以前的情况，我们就无法理解这个变化，我们对她的同情也就不存在了。

你要向我们展现主人公的日常境况。在进入主要剧情之前，你要让我们知道他的日常生活是什么样的。只有通过这个渠道，你才能把读者与故事完全绑定。你希望读者感到故事震撼人心的效果，体验到主人公经历的那种沧海桑田的巨变和阵痛。除非你事先向我们展示了他"之前"的情况，否则我们无法理解他"之后"的情况。

你的主人公平时是什么样的，你又如何把这样的生活搬到舞台上呢？

7

构建故事世界的常规

> 一切伟大的事迹和伟大的思想一开始都有些荒唐。伟大作品往往诞生于一个街角或者一个餐馆的门口。
>
> ——阿尔贝·加缪

在第 3 章我曾说过,礼貌的交谈要求我们在讲述一个故事之前先做一些解释,但在小说中,我们不是这样做的。我说过,当我们向别人口述一件事情的时候,我们首先要给他们讲解事情发生的背景信息,如此一来,当事情发展到关键点的时候,听众的脑子才不至于短路,浑然不知重大情节都有什么意义。你要把背景资料置于听者的脑海之中,从而避免到了关键时刻他们的思想产生混乱。

此后,我还说过,在信息传达方面,好的小说创作技巧是跟大家的直觉相反的,因为直截了当的讲解属于叙述,这种写法会让你的小说吃到闭门羹。我说过,你更应该像放电影那样把信息展示出来,而不要像是写一本说明书。

这些全是有道理的好建议。

我在这一章所说的话听起来似乎违背了自己给读者的建议。但我的话并非自相矛盾。别担心,很快你就会明白其中的道理。

等一等，难道这不是叙述吗

就小说写作的具体技巧而言，我们不应该一上来就直截了当地向读者做出种种解释。"乔伊是个大懒虫。"这句话的写法让人困倦，而且让人感觉很业余，或许有人会说这是偷懒的做法。

但从战略层面上讲，我们必须把信息传达给读者，这样他们才能明白发生了什么。正如我们在前一章中看到的那样，了解眼下发生的事情是了解接下来发生的事情的先决条件。

你肯定要问，到底哪个说法是正确的？我到底要不要给读者解释情况？你说过，前50页不是讲解事情的地方，但这会儿你却用了长达两章的篇幅来讲如何在前50页解释情况！

嗯……你问得对。对于引起的混乱我很抱歉。让我们梳理一下吧。

我们说的是两种信息以及传递信息的两种方法。至于信息的类别，关键在于确定读者是否需要知道这个信息。至于传递信息的方法，关键在于如何让读者获取这些信息。

如果你停下故事，解释一些读者并不需要知道的情况，你就是在叙述。叙述是一个坏毛病。但是，这并不等于说读者什么信息也不需要知道。如果你的故事写的是关于追逐龙卷风的人，读者就需要知道F-5龙卷风是怎么回事。假如你的故事写的是关于计算机黑客的事情，读者需要大概知道黑客是如何盗号的。你面临的挑战不是你写的故事不需要向读者传递任何信息，而是要在不停止剧情发展、不让读者生厌的前提下把必要的信息传递给读者，否则你的书就要吃闭门羹了。

而展示就是精心挑选哪些信息是必须传达给读者的，然后用一种有趣的方式把它传递出去。取舍的标准是，你选择的信息是必须传达的，否则读者就弄不明白发生了什么事情。

当我谈论建立常规的时候，我所说的信息必须符合下面的条件：

这些信息是必须传达给读者的，否则读者会感觉茫然。

我曾读过一篇未出版的书稿，在稿件第 1 页上，一个人物沿着街道行走，一阵莫名其妙的风把他吹到一家商店里躲避，随后他就走向了相反的方向。但是，因为这只是第 1 页，我根本无从得知这个人物的生活如何，甚至连这个人身处什么样的世界也是一无所知。据我看来，在这个世界中莫名其妙的风是主要的运输手段。而我看得出来，这个人一天之中被这阵风吹到相反方向的情形就有六次或八次之多。

没有上下文，我们没有办法衡量故事的剧情是否具有不同寻常的影响。在我们能够知道那阵神秘的风本质上确实是神秘的风之前，我们必须首先知道，在这个人的生活中一般是没有这样的风的。

所以，这是你必须要向读者交代清楚的信息。它满足这个必要条件。然后，你不能像下面这样传达信息："在卡洛塔的世界里，通常并不吹神秘的风，卡洛塔的日常生活中也不是经常出现这样方向颠倒的情况。"不要这样做。这就是叙述了。你要做的是用行动、对话、场景甚至一个完整的场景，来向读者展示卡洛塔的生活、她的世界以及她的期待。

然后，当风吹来，门被打开时，读者就能做出推断：这是异常事件。

当你停下故事来解释一些读者不需要知道或不关心的情况的时候，你就是在叙述。当你为故事构建常规的时候，你用电影的手法向读者展示了一些资料，读者只有知道这些信息才能在故事来临、主人公的生活发生巨变的时候感受到故事产生的巨大影响。

还有一种信息是你必须在故事的主要剧情开始之前就传达给读者的。这些信息只能通过展示加以传达。

为什么要建立常规？

现在你大概也猜出了其中的原因。我们建立常规，是为了展示故事情节会如何冲击原来的常态，从而产生偏差。这让我们感受到这个偏差对主人公和她的世界产生了什么影响。

为什么我要用完整的一节来解释建立常规的原因？因为我在工作中遇到无数这样的作家，他们在违反常规之前并没有建立常规。因为我在工作中遇到成千上万的作家以及参加研讨会的作者，他们在违反常规之前也不建立常规。还因为当我向他们解释为什么你必须先建立常规的时候，我看到的是一片茫然的眼神。或者，他们会一本正经地点点头，把这个建议写在笔记本上，但是当我读一篇他们所写的故事的时候，他们仍然会在第1页就让故事的主要情节侵入进来，打破常规。

你不能在小说的第1页就开始进入主要的故事情节。这是行不通的。

我感觉到，要让他们听懂我想要表达的意思远比自己当初想象的难得多。作家们可能觉得他们急于在小说的开始就展开剧情，因此他们要从主要的情节开始写起。这是一个错误，即他们想要做到的事情恰恰是一定不能暴露的。所以，我在此多费口舌，以确保自己确实已经很好地表明了自己的立场。

日常信息的重要性

在亚瑟从石头中拔出神剑（《神剑》）之前，我们看到了他的日常生活就是中世纪英格兰年轻乡绅的生活。我们甚至还看到其他更强大、更成熟的男人，他们也曾想从石头中拔出剑来，但是都失败了。但是，想象一下，假如你不这样写，电影一开始就让亚瑟从石头中把神剑拔了出来，我们就不知道把剑从石头中拔出来的难度，也不知道成为国王是他改变命运的标志性事件。

在《猎杀红色十月》中，我们看到了杰克·瑞恩的居家生活，他沉着冷静，是一名中央情报局的分析师。我们发现他的家里有一间很舒适的小房间。他甚至不懂得怎样把提交给情报委员会的演示文稿设计得漂亮点。随后当电影演到关键情节的时候，他受命去阻止第三次世界大战的爆发，这时我们才感觉到战斗直升机、航空母舰、攻击型核潜艇这些东西本来跟他的日常生活是没有任何关系的。但是，假如我们之前没有看到过日常生活中的他，我们第一次见到他的时候他已经在一艘潜艇上面了，我们就根本无法知道为什么平静的生活中会出现这样的突发事件。

在《从未被吻过》中，我们第一次看到乔西·盖勒的时候，她穿得很邋遢，是报社里一名普普通通的文字编辑。这个人物会在我们的记忆中湮没。随着剧情的发展，她又回到中学担任一名卧底记者，成了一个很有人缘的孩子。现在假如影片开始的时候她是一个受欢迎的孩子，我们就不会觉得这将给她的生活带来多大的变化。

弗莱彻·瑞德（金·凯瑞在《大话王》中饰演的人物）当然是谎话连篇。如果说谎有利可图，他什么谎话都敢说。他不光欺骗自己的母亲、同事、前妻，而且连小儿子也受到他的欺骗。但后来发生了一件事情，导致他丧失了说谎的能力。结果他陷入歇斯底里的狂乱之中，他不得不使用除了骗术之外的手段过日子。

试想一下，假如我们之前没有做好铺垫，在剧本的第 1 页编剧就对我们说他不会说谎，情况会如何？那这部电影就没有什么好玩的了。假如我们之前没有看到这个无耻骗子的卑鄙行径，那么我们就不可能知道他的卑鄙之处了。假如我们没有看到他自作孽的前因，那么当他得到应有的惩罚的时候，我们就不会感觉愉快。假如我们没有看到他对身边人的伤害，那么我们就不会渴望他善待身边的人。

在小说中，你要改变主人公的生活。某种东西闯进了她的世界，从此以后，她走上一条连自己都始料未及的探索之路。但是为了让读者明白这个变化有多么出人意料，以及她的生活多么需要这个变化，你必须先向读者展示她之前的生活是什么样的，然后再描写变化的到来。

假如我们之前没有看到角斗士曾经是一位身穿华丽戎装的罗马将军，那么一个角斗士终归也不过是一个普通的角斗士而已。假如我们之前不知道公主遭到后妈虐待的情形，那么公主就是一个普通的公主而已。假如我们没有看到这个小伙子之前是一个丑陋的绿毛怪，那么这个英俊小伙就是一个普通的英俊小伙而已。假如我们之前没有看到那个孤苦伶仃的少年住在一个楼梯间的壁橱里面，那么在读者的眼里，这个天才少年也不过是一个普通的天才少年而已。

如果你想让读者对于故事的感受达到你的预期，就必须为读者提供一些铺垫的内容。在变化到来之前，你必须把主人公之前的生活情况展现出来。

在违反常规之前，你首先必须把常规建立起来。

当你自己写小说的时候，在故事一开始千万不要直接让主要情节切入主人公的生活，除非你根本就不打算让读者关注你的故事。你决定写一本小说的原因恐怕不是这样的。所以，你要让读者参与进来。你要向读者展示重大变化来临前的情况，而这个重大变化才是故事的主体部分。然后，你就可以点燃烟花，释放精彩。

故事里的常规

在第 6 章，我们探讨了建构主人公的常规这一问题。我们谈了如何构思她的家庭、工作以及主要的社会关系。在《情节与人物》一书中，我曾提出过下面的观点：最好的小说融汇了经历过惊天巨变的人物，以及能够放大人物变化的、引人入胜的情节，因此了解主人公在变化之前的情况对于小说来说是非常重要的。

在本章剩下的部分，我们要看看在小说进入主要情节之前，作者如何建立故事世界的常规这一问题。在第 8 章，我还要更加深入地谈论在前 50 页内，为了树立主人公的形象你还需要写什么内容。

眼下我们的部分目标是要说明故事世界正在发生着什么事情，在小说的发展过程中，这些条件将得到重新塑造。例如，展示一下马蒂·麦克富莱的家乡在 1955 年的模样，从而对比 1985 年的模样（《回到未来》）。

除了在故事世界里建立常规之外，我们还要揭示小说的题裁、环境、时代、背景以及基调。

或许你还没有意识到小说家必须在前 50 页中完成多少任务。多年来，我在研讨会上讲授这些内容，同时向客户传授这些东西，但是当我坐下来把它们写进书里的时候，我依然感觉很奇怪，在前 50 页的范围内我们居然要做那么多事情。好消息是，这件事情做起来比说起来更加容易。我或许需要写上一页才能说清楚一部小说的题裁，但是在小说中，你只需要把飞船里的一个人物夸张地描写一下就可以做到了。

让我们为改变做好准备

展示一个故事的常规约略相当于展示主人公的日常生活。但是有时候，建立这个世界本身的目标就是为了改造这个世界。为了让大家了解这种变化，我们要看看在改造之前它是什么样的。

迪斯尼的《狮子王》展示了在木法沙统治下的非洲大草原。这片土地富饶、美丽，而且充满生机。但是，等到疤痕篡夺王位并以邪恶风格主政之后，大地深受影响。大地的颜色由充满活力的色彩变成了灰黑一片，繁茂的森林变成了干枯的树枝，蓬勃的生命宝地变成了光秃秃的荒原。

假如故事开始的时候就是后面一种场景，我们就没有办法理解生态环境恶化的程度如何。

电影《黑客帝国》把故事发生之前与之后的情形作了清晰的呈现，故事世界的变化是鲜明的。尼奥的世界是 20 世纪末的现实世界。然而实际上这是几百年之后的世界，而且这时的世界已经变成一堆荒凉的废墟。但是，假如影片从荒原开始，那么当我们看到这样的场景的时候，就不会感觉惊讶或者奇怪了。只有把主人公的想法与他发现的现实之间形成鲜明的对照，故事的强大冲击力才能清楚地显现出来。

在电影《隔世情缘》中，一个人物从 19 世纪通过时空隧道穿越到了 21 世纪。在变故发生之前，我们看到他的时候，他还待在自己原来的栖身之所，他是新英格兰的贵族。假如我们第一次看到他时，他就漫步于当代的中央公园，冲击波的效果就太小了。但是，看看在变故发生之前他的世界是什么样……那就很酷了。

《魔法奇缘》中的吉赛尔也是如此。其实，她"之前"的世界原来是一部传统的平面动画片，似乎比迪斯尼更有迪斯尼电影的特色。然后，她被带入了当今的现实世界，于是她的冒险就开始了。但是，假如影片开始的时候，她是从纽约市中心的沙井里爬出来的，那么效果就不可能让我们感觉如此震惊。展示过了她的前世之后，我们方才感觉到她漫步于当今世界之中时出现"水土不服"时的那种震撼和困惑。

在前 50 页，你需要描写在主要剧情开始之前的总体局面。也许你以后要改变的只是风景本身，也许不是。但这样做能让你理所当然地思考：故事世界中的哪些元素与后来同样的元素之间产生了鲜明的对照？

记住：在你违反常规之前，要先构建常规。

题材、环境、时代、地点、背景和基调

在前 50 页内你要完成的一项任务是为读者构建一个故事世界，这就涉及你要让读者知道这本小说属于哪种题材类型。这本小说是西部小说吗？警匪片？浪漫喜剧？你所要展示的不仅是风格类型，还包括故事发生的时间、地点以及故事的基调。

在许多方面，《夺宝奇兵》开幕时的一系列镜头堪称经典，它说明了什么才是启动剧情的正确方法。通过在丛林中拍摄的一组镜头，我们知道这个人物是个实干家，他熟悉古老的骗术和陷阱。我们知道，这是一个动作片、探险片。我们知道，故事发生于1936年，这本身就蕴含着一定的意义。我们知道，大部分剧情不可能发生在室内，比如某个人物舒服地待在办公室这样的情形。我们甚至还可以预感到这个故事的基调大概具有喜剧的色彩。

当你思考自己的小说要怎么写的时候，要记得自己需要把这些情况揭示出来。大部分要素是容易揭示的，但是你也有可能忽略了它们，从而让读者感觉困惑不已。所以，这些要素值得逐一研判。

题材类型

你的小说属于哪种题材类型？它是科幻小说、历史小说还是城市幻想小说？当然，并没有人说你的小说必须属于类型小说。或许你想刻意避开这些类型的范畴。这很好。但即便如此，你还是需要让读者知道这是一本什么样的小说。

从根本上讲，你需要让我们知道你的游戏规则。假如在小说的高潮部分，你准备让主人公进入一个时光穿梭机，然后又安全地从里面跳出来，那么在前50页内你最好让我们知道在你的故事世界中时光旅行是可能的。

这就涉及我称之为"种豆"与"得豆"的话题。我知道这是一个复合的隐喻，但我喜欢这样的押韵。"种豆"指的是你构建的铺垫部分，比如时光旅行是可能的。而在后面的故事中你确实用到了时光旅行，这就是"得豆"。在前50页，你种下了许多"豆"。你让我们知道了人物与故事世界的方方面面，这些东西是你以后会用到的。开始种豆吧，园丁！

你要确保做到：种豆后必得豆，得豆必先种豆。假如在事先的种豆环节你没有种下主人公精于医术的豆子，那就不要让主人公在小说的高潮部分突然掌握了怎么做脑部手术的医术。同样，假如你后面不打算让他做脑部手术，那么就不要事先种下他精于医术这颗豆子。不要让读者注意到那些无足轻重的事情，除非你写的是神秘小说，但那就是另一回事了。

有一条捷径可以让我们明白你的游戏规则，那就是让大家知道你的小说属于哪一种题材类型。假如你让一个人物走路的时候带着一对六轮手枪，脚上穿着皮靴，头上再戴一顶牛仔帽，那么我们就会认为这是一部西部牛仔片。如果你展现的女人穿着1815年左右的英式女装外衣，特别是假如你展现了她与在拿破仑战争中受伤的战士谈情说爱的镜头，我们就会认为这个浪漫情事发生在英国摄政时期。一群美国大兵小心翼翼地穿过法国乡村的灌木篱墙，会让我们感觉这是一部战争小说。

这样的做法有可能无意之中对读者产生误导，因此我要把它指出来。或许在小说的第一个场景中，你写的是一男一女的对手戏，两人显然是在谈情说爱。或许你安排这两个人物出现在一个模棱两可的场景中，比如沙滩上或者田野上，这样的话我们就找不到任何线索可以判断你的小说到底属于什么流派。他们的言谈举止、道德观念或许会暗示这是一个现代故事，或者完全属于其他的小说类型。然后当场景变化，我们才看到原来这是一部中世纪的恐怖小说，这给我们的体验之旅带来了一次颠簸，但这种颠簸并非你打算给大家带来的那种石破天惊的震撼。

你要帮助读者。假如这是一部奇幻小说，那么只要写出下面的场景就够了：身穿锁子甲、手持盾牌的半人半妖的人物一路小跑出来。假如这是一个警察故事，那么就写一个警察逮捕罪犯的场景。假如这是一部伦理片，那么就写一个克隆人的场景。作为前50页的一项任务，你要引导读者的预期，让他们知道这个故事大致属于哪一种类型。

环境、时代及地点

即使你的小说不属于类型小说，它肯定也是在一个特定的时间和地点发生的。在此我们不会深入探讨这些问题，但我还是建议你试试不同的选项，看看你是否可以改变原来的构思，从而更好地实现自己的目标。

无论你为自己的故事选择什么样的环境，你都要在前50页构建这一环境。假如这个故事是19世纪下半叶发生在美国边陲的故事，那你一定要展现那种有盖的马车，还要展现农民搅动黄油的场景。假如故事发生在某颗恒星的第14颗卫星上，那你要向我们展示一下宇宙飞船和一两个外星人。假如故事发生在民国时的北京，你要向我们展示一辆黄包车穿过偏僻小巷进入胡同的场景，还要给我们展示一下中国人的形象。你要给大家一些提示。

在前50页，或者最好在前5页，除了向我们传达故事发生的时间之外，你还要告诉大家故事发生的地点。你不光要让大家知道故事是发生在家里还是写字楼里，还要让我们感觉到故事发生在哪个小城或者都市里，这个地区的地形如何，以及当地人的民族或文化特点。构建常规完全是为了提供故事的上下文。

还有地理、科技水平和人口密度。不管这个地方是光鲜还是破败。无论是蓝色的天空中一轮金黄色的太阳，还是紫色的天空中有三轮绿色的太阳。无论是在荒芜的城市废墟还是在伊甸园。

有些故事在多种环境中发生都可以收到很好的效果。想一想《三个朋友》、《虫虫特工队》以及《银河任务》，这几部电影的剧情大体类似，观众误以为演员们是素颜真人，为了拯救这些认假为真的无辜观众，演员不得不做出决定，不再装模作样地演戏。但是，时代、环境甚至类型的选择都可以增强故事的效果，从而达到你所需要的理想境界。

如何构建电影的环境、时代和场景呢？一般来说，你可以让一辆

20世纪50年代的汽车驶过，或者让一条巨龙缠绕在巫师塔上面，或者让一个双眼紧盯着iPad X 的十几岁少年走过来。

你也可以这样写小说。在构建故事世界的常规时，你要像电影制片人那样思考。你怎样才能给观众提供线索，让他知道这个小说讲述的是2211年极地冰盖下发生的故事？好好开动脑筋把小说写好吧。你要把故事放在摄像机的镜头前。

背景

有些故事的发生具有战争、饥荒、灾难或者社会运动等大背景。假如没有禁令作为背景，《铁面无私》会是什么样？没有第二次世界大战的背景，《肮脏的一打》会如何？假如没有太空竞赛这个背景，《太空英雄》会是什么样？

我想再次建议你考虑为自己的小说选择一个背景。有时因为主题的缘故，你不得不使用某种特定的背景，比如《贱民》和《太空英雄》这样的故事，因为它们是真实事件的戏剧化改编。不过，在其他情况下，你可以根据个人喜好自由选择背景……这时你就可以选择一个有助于故事讲述的背景。你或许还没有想到这一点，也许你最终也没有选出一个背景，但是这值得你花费心思，看看是否有什么背景正好可以突出你的小说想要取得的效果。

也许你要写一个富家女想把高贵的家庭出身抛到脑后，去过一种自由自在的生活，但是贵族的家族体系和控制欲很强的未婚夫不允许她这样做。这个想法很好。无论你给这个故事选择什么样的背景，这个选择都可能是很重要的。何不把你的场景设置在泰坦尼克号上呢？

背景带来了某种期望和情感氛围，而且正如上面的例子那样，有时甚至还会带来一个迫在眉睫的最后期限，以便增加悬念。

一个男孩发现了人们可以给无辜者造成的残酷行为，这个情节可能在各种各样的背景和类型小说中都有效。但某些背景可能赋予这个故事一种你孜孜以求的味道，正如我们在令人难忘的《穿条纹睡衣的男孩》里认识到的那样，这个故事是以"二战"集中营为背景的。

假如你让故事发生在伍德斯托克那满是烂泥的田野里，或者发生在班诺克本之战的泥泞战场上，这样的背景可以给故事增加多大的冲击力？假如女主角是一位要到阿拉莫参加得克萨斯州独立战争的男人的未婚妻，女主角的蜕变能不能产生更加强大的冲击波？如果你的主人公在 2001 年 9 月 1 日刚刚得到一份在世贸中心上班的工作，效果是不是更显著？

这些事情也不必是真实事件。假如你创造的世界是虚构的，你也可以编造出大饥荒、外族入侵、传染病或者任何你想要的事件。在这种情况下，我几乎一定会建议你选择一些能够突出小说主题的大背景。

如果你确实选好了背景，就要在前 50 页把它揭示出来。或者，假如你有理由保守秘密，那你至少也要提供一些线索。这样一来，当故事高潮的海啸袭来时，主人公正好在日本的气仙沼市生活，这时读者也许就不会感觉震惊。

在构建故事世界的常规的工作中，你的部分任务就是让读者知道故事是在什么背景下演绎出来的。要用表演的方式把它揭示出来，但一定要在前 50 页揭示出来。

基调

构建故事常规的最后一项任务就是给你的小说定下基调。

我有时也读到过在小说基调方面误导读者的未发表的手稿。笔者并不想这样做。也许当作者开始写的时候，他处于一种情绪之中，不过写着写着作者自己渐渐想通了，原来自己真正想写的是另一个故事。在确保基调一贯性而且如你所愿这些方面，你需要做一些工作。

我所谓"基调"，指的是严肃、幽默或者讽刺。情绪和味道。对比一下《就想赖着你》与《现在启示》的基调。对比《摇尾狗》与

《伯恩的身份》的基调。对比《润滑脂》与《西城故事》的基调。

你甚至不知道自己为小说创造了基调，但你确实写出来了。基调与腔调、消息、题材都有关系，但主要还是取决于你想赋予这个故事什么样的感觉。你的小说基调可以是坚忍不拔或者袒露无疑的、俏皮搞笑或者危言耸听的、有关政治或者乐观上进的。此外，你还可以使用其他全新的基调。

不管基调是什么，你需要在前50页内把它确立起来。

一部开头发生了多起谋杀案的小说最好不要是一部音乐喜剧，你明白我的意思了吧？反之亦然。假如《夺宝奇兵》的开头保持原状，但其余部分全写成枯燥乏味的法庭控辩戏，那会怎么样？假如《阿拉伯的劳伦斯》前面讲述的是一名英国士兵骑着骆驼长途跋涉穿越沙漠的故事，而后面他却干上了喜剧演员的工作，这个故事会怎么样？

你在前50页定下的基调必须符合整部小说的需要。当你准备好了基调以及本书所述的诸多要素之后，你就会一直惦记着如何把小说的结局渗透到开头中去。所以，你必须仔细斟酌小说的基调，并且在写作的过程中采取相应的措施。此外，还可以让别人读一下你已经写好的内容，以确保自己的基调是恰当的。

下面是一个技巧：找到一支乐曲，可以使读者在阅读小说时进入你预期的情感氛围，然后当你写前50页的时候，就播放这支曲子。如果你跟随着音乐的声浪把小说写出来的话，那么你奠定的基调就更能符合你的需要。

做好准备

在我看来，皮克斯公司的电影《机器人总动员》是一部现代电影的经典。作为一部电影，它非常令人愉快，而且主人公的魅力是不可抗拒的。假如你需要一部很好的教材，教你如何传递大量信息而无须直接告诉观众任何情况，你只要看看这部电影的前20分钟就可以了。

《机器人总动员》把故事讲得非常精彩，其开始部分也毫不逊色。

想想看它是如何建立常规的，无论是主人公"之前"的生活，还是发生在主要剧情之前的铺垫部分。我们看到了瓦力的日常生活。我们看到了他的工作、他的家、他所处的周围环境，不仅包括环境有多么荒凉，还包括他是多么孤独。

通过主人公的行动，我们感受到他那种乐观俏皮、清纯稚气的性格，这也为影片奠定了基调。

后来电影的主要剧情侵入他的生活空间，一个自动化监测机器人被派来定期巡视，扫描地球上的生命迹象。这时候，我们的感官体验已经牢牢地沉浸于清扫机器人瓦力的生活空间中了。我们知道了他的期望、人际关系和生活目标。

一句话，我们准备好了。

我们已经准备好要看到他的生活即将遇到的重大破坏。当破坏到来时，我们立即明白这将对主人公产生什么样的影响，也明白了这种情况与故事发生之前的情况是截然不同的。这个巨大变故是令人震撼的、可怕的（制片人那种悬疑式的拍摄手法可以表现出这一点），而且不管我们的小主人公选择做什么，我们都将和他在一起。

这就是你在前50页想要实现的效果。你构建出来的主人公和他的生活常规必须是下面这样的：在这个故事抛给他一个曲线球的时候，我们已经准备就绪了。我们已经为这个变故做好了准备。我们准备好参加一次探险。不论发生什么事情，我们都和主人公在一起。

在小说中，你不想停下自己的故事来解释一些东西。但是，如果你希望读者能够与小说中发生的事情产生共鸣，你确实需要他们知道一些事情。你要使用电影导演的视觉工具来揭示这些东西，通过构建常规，你就让读者做好了准备。当你把它真正构建好之后，你就可以把炸弹丢进去了。然后，好玩的事情就真正开始了。

8

开启内心的旅程

> 千里之行，始于足下。
>
> ——老子

格鲁是个卑鄙无耻的家伙。他是个恶棍。他惹孩子哭，并且以此为乐。他利用冷冻射线让自己排在星巴克顾客队伍的前面。他有成群的爪牙帮他犯下卑鄙的罪行，并当上全世界最坏的恶棍。最糟糕的是，他还威胁要杀掉邻居家的狗。

格鲁也要踏上他的生命之旅。他精心设计的世界也要发生一些事情，飞快地把他送上做梦也想不到的方向。

《卑鄙的我》的作者们知道，最好的虚构故事的核心都是关键人物自身发生的蜕变。

查看一下你最喜欢的故事，无论是小说、电影还是戏剧。我相信，它们大都涉及人物身上发生的改变。《星球大战》、《乱世佳人》、《公民凯恩》、《卡萨布兰卡》、《阿拉伯的劳伦斯》、《土拨鼠日》、《这是一个美好的生活》、《辛德勒的名单》、《现代启示录》，还有大部分久经考验的经典故事都聚焦于主人公的变化，与故事开始时的主人公相比，主人公都逐渐变成截然不同的人。

故事中的各种事件接踵而至，在这些事件的"协助"下，主人公完成了蜕变。对此我们乐观其成。这种情况让大家产生了共鸣，因为在人生道路上，我们自身也在不断成长，所以我们很享受那些让自己看到别人如何实现蜕变的故事。

当然纯粹由情节推动的故事也是有的，故事中的主人公并没有什么改变，他只是对事件作出反应（比如《银翼杀手》、《西北偏北》或者任何印第安纳·琼斯和詹姆斯·邦德的电影）。另外还有一大类故事，里面的主要人物已臻完美，以至周围的其他人都必须作出改变（想一想《欢乐满人间》、《机器人总动员》、《阿甘正传》、《外星人》、《绿山墙的安妮》以及《耶稣基督》）。

但是在你为自己的小说运筹帷幄的时候，何不给主人公规划一个令人信服的内心旅程呢？假如你能创造出一个伟大的人物发展弧线，并围绕这个核心演出一个充满悬念的故事，在情节和人物之间保持平衡，你就能赢得小说写作的圣杯，而且你的小说对于经纪人、编辑和读者都可以产生更强的吸引力。

内心旅程的概观

假如一个人物的内心世界需要作出改变，那么这个人物就为内心旅程的变线做好了准备。即便她自己并没有意识到，但她的生活与内心世界已经失去了平衡。而整个宇宙都要形成合力，纠正她的生活处境。

格鲁是一个反派人物，但他并非十恶不赦。他能叫出自己的每个马仔的名字，他在内心对于儿童很有爱心，他真正想要实现的全部目标就是让妈妈为自己感到骄傲。他真正的自我根本不是反派的，但他在现实生活中却违背了这一事实。所以这个故事就是要确保他能够弄清楚这个两难的困境。

乔西·盖勒（德鲁·巴里摩尔在《从未被亲吻》中饰演的人物）一直想成为受人欢迎的人，现在她的机会来了。她发觉自己参加的所有时髦群体的生活都是浅薄、无聊的。为了参加这些肤浅的活动，她失去了那些在不受欢迎的群体中的朋友。她在追求一向拒绝她的东西，她想成为否定自我的人，而这让她内心饱受煎熬。这个故事就是要帮助她找到自己的真性情。

内心旅程的经典案例之一是《星球大战》系列电影中的阿纳金天行者达斯·维达。一开始，他是个勇敢的孩子，有着金子般的心。但是，各种事件、人物以及他自己的选择，把他引向了一条黑暗的道路，并成为人们生活中最具代表性的反派角色之一。然而这并非他的真性情，他本来不想那样做。因此，整个宇宙发生的一些事件提醒他自己的真性情是什么样的，而且给予他一个机遇，让他重新成为那样的人。

亚历克斯·弗莱彻（休·格兰特在《音乐和歌词》中饰演的人物）已经远非自己本来所是的深情作曲家了，他自己都觉得这件事滑稽可笑。这是可悲的，但也是滑稽的。他演奏《诺氏果园》，还想凭借自己作为昔日流行音乐巨星的那种日渐褪色的光环赚钱。在影片的开头，他拼命想上一档名为"八十年代过气歌手争夺战"的新电视节目。这是可悲的，而故事正是为了让他不再处于这样的情形下。

同样，在电影《银河任务》中，亚历山大·戴恩（艾伦·里克曼饰）对待生活已经变得麻木。他是一名莎士比亚戏剧演员，因为在《理查三世》中的出色表演，得到了观众三次谢幕邀请。但现在，他一次次地参加科幻小说大会，作为一档已经取消的电视节目的明星主持人，他的生活十分艰难。他的生活低点到来了，当时广告商要求他为一家电商的开张改写他饰演的人物的著名台词："以格拉布萨的锤子为证，这是多大的积蓄啊。"这个故事要帮他重新找到生活与工作的意义。

要把一个人物蜕变的故事写好，关键在于：一开始的时候，主人公想要违背自己的命运或者本性。于是你得到了一个失去平衡的人物。这往往是苦不堪言的。

对于你的主人公来说会是怎么回事？在本章中，你要不断回想起你的主人公。你已经做了人物塑造的工作，所以你知道人物的内心是什么样的。但在这个故事开始的时候，他是什么样的人？一些被压抑的欲望是否需要展现出来？他是不是处于一段本来不该发生的爱情关系之中？是不是想成为某种他实际上并不是的人？要想方设法让他处于一种能引起内心冲突的困境之中。

当然你要谨慎选择，因为这种不平衡状态的消除将构成你的故事的主体内容。

在小说中，你首先得拥有一个需要经历巨变的人物，才能开启这段精彩的内心旅程。这就是A点。然后，这个旅程马上引向了发现真相的瞬间，这时她意识到自己的失衡有多么严重，因此她必须毅然决然地做出决定，要不要继续这样的失衡状态，或者让自己做出改变，而这将导致她恢复自己的本性。

当达斯·维达看到自己的儿子遭到皇帝的攻击时，他发现真相的瞬间就来到了。他的性格中一切美好的方面，很久之前那个善良男孩遗留的善良，都要求他进行干预，把自己的儿子从死神手中拯救出来。但是，他在警队的黑暗面倾注过多的心血，所以几乎听不到那些善良的声音了，如果他与自己的头领翻脸，肯定会让他死于非命。啊，美妙的焦虑！

作为小说家，你的工作就是让主人公面临同样的悬殊落差。这是内心旅程的目的地和用意所在。你要展示她如何不忠实于自己真正的理想，无论做出什么选择都要付出沉重的代价，然后你要退后一步，看看她会做些什么。

内心旅程主要讲述主人公的不均衡状态（在《情节与人物》中，我称之为主人公必须解开的心结），这是A点，然后把他送到真相大白的关键时刻，这时他可以做出决定：要么回归真实自我，要么跌入

8 开启内心的旅程

一直以来都在忍受的失衡深渊。这是 B 点。剩余的部分则都是为这个从 A 到 B 的旅程提供支持。

让我们来看看这条道路上的里程碑吧。

首先，我们需要看到他处于失衡状态时的情形。这是他的最初处境。因为这是人物在小说前 50 页的存在状态，所以在这一章我们要探讨一下这个初始状态。

接下来，我们要把他送上那条最终将他引向关键时刻的弯道。这是触发事件。亚历克斯·弗莱彻的触发事件是这样的：一个女人出人意料地走进他的公寓，浇灌他的花草，并几乎不假思索地开始为他写的歌曲填写精彩的歌词。这是一个事关命运的重要时刻，最终将引领他回归他的核心自我。

在你的小说的前 50 页也要出现这样的触发事件，因此我们在本章将就此展开详细的讨论。

在触发事件与真相大白的关键时刻之间还有一个逐渐升级的过程。这时主人公进行了激烈的内心挣扎，他试图坚守旧日失衡的生活，而与此同时新的选择也开始出现，用一句《音乐和歌词》中的话来说，那是回归爱情的途径。在升级过程中，主人公将因为拒绝接受那种能让他内心痊愈的变化而受到激励、挤压和打击。这就是故事带来的力量。这是命运的压力、上帝之手，他承受越来越大的压力，迫使他不得不承认，过去的生活方式伤害了他，他至少要考虑一下新的生活方式。

人生升华的巅峰时刻就是真相大白的关键时刻。当这个独一无二的时刻到来时，主人公做出决定，要解决自己内心的失衡状态。他知道自己没有忠实于真实自我，而他也明白必须做出改变。剩下的选择只有：要么永别那种有害的生活方式，要么不再三心二意，干脆把自己彻底交给这种有害的生活方式。

他一直持骑墙观望的态度，而这是有害的。这个故事已经来到了，并把这堵墙推翻了。他得跳下墙去；作为故事的讲述者，你要让他在这个问题上别无选择，而且不能给他留下犹豫不决的时间。唯一的问题是，他要跳到哪一侧？达斯·维达要么完全接受黑暗的一面，牺牲儿子以及自己残存的灵魂碎片；要么忠于几乎早已被自己遗忘的核心自我，选择一条终将导致自己毁灭的道路。

我们也可以说，写小说的全部要点，就是展示人物的蜕变。而写一个人物蜕变的全部要点，就是让人物抵达自己发现真相的重要时刻。

真相大白的时刻之后，内心旅程就只剩下了最后的状态。这就是主人公因为自己在关键时刻做出的选择带来的结果。

在大多数故事里，主人公都会做出"正确"的选择，这将把他引向回归真我的道路。所以，亚历克斯·弗莱彻把 20 世纪 80 年代的场景抛在脑后，重新开始用心创作歌曲。乔西·盖勒抛弃了舞会皇后的桂冠，回归到一个踏踏实实的性情（这并不是说我们不能有踏实的舞会皇后，我只是说……）。亚历山大·戴恩意识到演戏中有贵族气质，他给自己的电视角色最好的莎士比亚特色。格鲁拥抱自己身为慈父的一面，由坏蛋变成英雄，这是他内心深处的想法，只不过他过去想要忘掉这一点。

需要注意的是，最终状态和初始状态的接合部位于故事的后腰上。假如主人公的初始状态是，她说自己不想当母亲，尽管你知道那是她的渴望，可最后状态只能是下面两种之一，要么她在某种意义上当上了母亲，要么她已经清除了自己未来当母亲的一切可能性。

主人公的最终状态要么是对冲掉了开始时的失衡状态，要么失衡情况加重了十倍。在真相大白的关键时刻，她要么选择回归那份爱，要么拥抱疯狂并把自己抛进深渊。在文学方面可以这样说。

主人公的内心旅程犹如一阵野火，把他追赶到码头的尽头。不管喜欢与否，他必须做出选择。他可以跳上最后一条船逃脱出来，也可以选择留下来被烧成灰烬。大火从他自己的内心烧起，因为他试图适应的生活方式与他真正渴望的生活方式以及他的本性格格不入。但火势已经失控，现在他要把自己逐渐习惯的生活抛在脑后，包括首先点燃火焰的那种虚伪，否则他必须选择让它将自己毁灭。

当然，这样的情节未必那么轻松。美女如云以及俗不可耐的喜剧可以、而且也应该有引人注目的内心旅程，这样的内心旅程未必需要沉入疯狂的极致或者烈火的深渊。不过，即便旅途中的里程碑没有纵火式的煽动性，但其实质是一样的。

打破书籍的均衡

内心旅程起始于小说的前 50 页，我们要详细分析其中的一些部分。

主人公的纠结或者心理失衡在他的生活中产生了充分的影响。这种失衡导致了初始状态的出现，因此这部分要描写当故事开始时这种纠结给他带来了什么影响。然后，他的屁股上被人轻轻踢了一脚，这就是引发剧情的事件，他的生活被这个意外事件打断了，预示了均衡之道的到来。前 50 页的内容取决于你的故事，它甚至可以包括逐步升级的状态。当然，主人公的最终状态的种子就播撒在这些开篇的土壤里了。

我们还是从主人公的纠结说起吧。假如你要为主人公创作一段内心旅程（我鼓励你这样做），你就要弄清楚她有什么问题。她手上有什么牌？她有什么难题？她需要怎样做，才能让自己接受这种违背真性情的生活是正确的选择？

好的纠结在整部小说里到处都能产生回响，直至心灵深处的共鸣。"他饿了"不可能是一个好的纠结，"他想让自己相信自己不饿"也不是。即便你写的是轻喜剧，也必须深入挖掘。

例如在《三个朋友》中，三个电影明星过的都不是现实的生活。

他们都是谨小慎微的，并且深信自己有优势，没有现实世界的那些严酷考验。他们不是成熟的男人，更像是被宠坏的孩子。他们内心有真正的英雄主义，但他们还没有找到它。迄今为止他们也没有那样做的必要。随着故事的到来，他们被迫做出选择，要么做真英雄，要么继续假装好汉。因此，他们的纠结是：他们已经让自己相信了伪装的英雄主义，这就足够了。

准确地说，这里说的并不是李尔王。但它为一个精彩的人物发展弧线奠定了基础。

埃文·巴克斯特（史蒂夫·卡莱尔在《冒牌天神》中饰演的人物）是肤浅而轻率的。他当选了参议员，但他最感兴趣的是拥有一间舒适的办公室，而不是兑现自己竞选时做出的改变世界的承诺。埃文的生活除了贪图享受之外没有多大意义。他的纠结是这样的：他以自我为中心，仅仅满足于做些敷衍了事的表面文章。但故事里的神灵——在这里是上帝——对他眷顾太多，不能任由他如此沉沦。因此，他不能平稳地度过自己的一生，不得不处理重大事项。（顺便说一句，《冒牌天神》这部电影很了不起，你可以看到人物的剧变。另一个例子是《土拨鼠日》）。

纠结往往伴随着一种恐惧。这个恐惧可能是人物害怕遭到别人唾弃，让主人公形成不健康的人际关系，因为这样至少要比独处好一些。这个恐惧也许是孩子无法达到父亲的期望，正如电影《莫扎特传》中莫扎特感觉到的那种恐惧。也可能是担心受到伤害或者失去亲人，这可能导致离群索居，甚至疏远那些可以成为密友或恋人的人（《充气娃娃之恋》）。

在《超人高校》中，威尔·斯特朗霍德（迈克尔·安格拉诺饰）害怕自己永远无法拥有超级能力。他是世界上两位最伟大的超人英雄的儿子，可是到了上高中的前夕，他仍然毫无进展。为了掩饰自己缺乏父母的实力这一事实，他假装拥有超强的实力，但这毕竟是一个谎言。他害怕自己成为一个主要的淘汰对象。

你也可以通过困苦、恼恨、自欺欺人以及缺乏宽容来为别人或者自己打结，或者制造很好的疙瘩。

主人公的结是什么呢？她是如何失去平衡的？重要的是，你要把握住这个抓手，因为你要在前50页展示它。你要聚精会神地构思这个故事。你需要主人公拥有什么样的内心冲突，你要给她什么样的失衡状态，才能把这个冲突变得格外尖锐？

初始状态

主人公的初始状态之于他的内心旅程，在开始时相当于构建常规对于外在故事的关系。正如你要在小说的开始设置好人物的日常生活，然后才能让主要的剧情闯入故事世界，在人物发展弧线方面，你也需要构建主人公"之前"的状态。

不要让我的话把你弄迷糊了。在第6章我们谈到了主人公常规的构建方法。这主要涉及人们可以观察到的外部生活：他的工作、家庭和朋友。诚然，他的个性和内心生活的其他方面是很明显的，你肯定想在构建他的外部常规的场景中展示他的内心旅程中的纠结，但这一部分意义重大，值得分开讨论。

事实上，这本书的每一章讨论的都是你要写进小说前50页的内容，否则我们不会讨论它。你要构建常规，同时要揭示题材类型，又要植入信息，又要设置利害关系，此外你还有十几件事情要做。不过为了便于理解，我们最好还是把它们分别加以讨论。

冒着再次让你困惑的风险，我要告诉你的是，你需要为主人公的内心旅程构建一个常规。由于她在生活中拥有这个特殊的失衡状态或者担心，在小说开始的时候，这会对她产生什么影响？我们需要看到她陷入不稳定的失衡状态，并且想忍辱偷生。我们需要看到她拒绝自己本性的情形。

我们需要看到他很想参加"八十年代过气歌手争夺战"这档电视节目。我们需要看到他很想赢得时尚小年轻的喜爱。我们需要看到他参加超市开张庆典时穿的服装是一档早就被取消的电视节目的服装。我们需要看到他虽然是一个反面人物，但内心并非如此。我们需要看到她躲藏在自己的公寓里写一部关于无畏的冒险家的故事（《尼姆岛》）。我们需要看到他内心只装着自己，即便好朋友跟他撞一个满怀，也不认出对方。

从某种意义上说，失衡是一种病。用神学的话说，这是一种罪过。用医学的话说，这是一种慢慢扼杀主人公的癌症。嗯，这个绳子上的疙瘩使得绳子穿不过针眼去，这就保证了故事机制的正常运转。

你的主人公是不健康的。他身体里长了一种无形的肿瘤，如果治疗不及时，就会要了他的命。你的故事起到的作用就像一个热心肠的家庭医生一样，给他施加压力，让他接受治疗。医生施加的压力越大，主人公的抵触情绪也越大。

选择你的毒药。你怎么才能展示主人公有点失衡的状态呢？

她的初始状态取决于她的纠结。当你知道她失衡的原因时，你就可以轻松地弄明白她的初始状态。所以，你要回归你对主人公的纠结或者失衡状态所做的笔记。心里牢牢记住这一点，绞尽脑汁想出这种疾病在她的生活中表现出来的20种情形。

比方说，主人公拥有下面这种纠结是最可怕的：他担心人们对于自己的盖棺定论是，他是一个毫无价值的废物。这会对他的生活产生什么影响？根据这种情况的严重性，可能使他强迫自己进入他能参加的每场竞赛（他希望自己能赢，于是至少在那一时刻他感觉自己不是个废物），他强迫自己成为一个唯利是图的雇佣兵，志愿参加最危险、绝对没有胜算的战斗任务（他希望被敌人杀掉，从而让这个世界将自己淘汰）。

你的主人公的纠结将会影响他的行为。这个影响不一定是无所不包的，但它必须消耗某些东西，不然他就算不上真正的失衡。

对于你的主人公来说，这会是什么？一旦知道她的心病，你就可以把症状呈现出来。可能包括哪些症状？

内心旅程的初始状态是出发点。这是他目前诸多情况的集合。这是他达成失衡的平衡状态，他已经想通了，在发现别的办法之前这就是他最好的选择。

我发现自己格外喜欢描绘在我的心目中主人公的初始状态是怎样的。这是一种心理黑暗面的恶作剧，诅咒他忍受这种不堪的情况，并使其效果在主人公的生活中流露出来。他这样做有多么荒谬……但只要他还处于这种状态，我们就要推动事情发展，达到几乎荒谬的极端情形，由此展示他追求变化的心情是多么迫切。当然，他本人并没有看到这一点，或者他还有大量的实践证明其合理性，这两者的效果是一样。但我能看到它，读者能看到它。

当你考虑如何揭示主人公的初始状态时，请记住，你在做这件事情的时候，也在构建常规、揭示大背景，并且在做我们迄今说过以及未来要提及的事情。把你的想法综合一下，想一想有哪两三个想法是你能够在一个场景中完成的。我们可以逐一谈论这些元素，但你要把它们结合在一起加以呈现，这就是前 50 页包括的数量庞大、内容精彩的杂项。

触发事件

佛罗多·巴金斯是霍比特人中最正直的一个。他身上有一点儿老图克的影子。他花了很多时间在夏尔周围闲逛，甚至登船出海。但总体来说，他是一个可敬的人，从未梦想过去冒险、积累财富或者其他任何能让自己远离袋边街末段袋底洞的快乐生活。

简单说，他是安逸的，甚至是受关照的。任何东西都不能妨碍他亲爱的霍比屯，丝毫没有意识到这里面有什么危险或邪恶，或者不知道自己的生活有多么特殊，也不知道这样的生活值得他努力争取。他内心可能是英勇善战的，但他自己却无从得知，因为这种勇敢还从来没有经受过现实的考验。

我们谈谈一个需要有触发事件的人吧。

雏鸟可能拥有完美的翅膀、翱翔的欲望，但其本能倾向是继续安稳地待在鸟巢里。它对于飞翔的渴望可能让它常常叹息，它的目光越过草地，但是鸟巢太安全、太温暖、太习惯了，这是它无法抵御的诱惑。什么事情能让它告别这一切呢？

你必须让一个人物过来，把它从鸟窝里轰出去。轻轻地推，挤它，然后……它飞出去了。好了，再见。

啊！

发生了什么？我正在跌落！不，我太年轻了，不能死啊！

我要想办法……

啊……哇！我在干什么？这些东西是从哪儿来的？我不知道翅膀能让我飞起来。我不知道自己能飞。

嗨！妈妈，你看看我！噢！我能飞了！

好吧，现在我们恢复正常的解说员声音（虽然偶然使用鸟语也很有趣）。

你的主人公生病了。通过检查他的心结以及初始状态，我们证实了这一点。也许他知道自己有问题，也许不知道。在这两种情况下，他对变化不感兴趣。他可能处于痛苦之中，但已知的魔鬼总比未知的魔鬼要好。我们每个人都有惰性，这是维持现状的倾向。你的主人公也有安于现状的惰性：要么深陷恶劣的处境无法挣脱，要么全速进入这样的境况。

包括你我在内，没有哪个人想要改变，除非维持现状的痛苦超过了改变的痛苦。

因此，必须要发生一些迫使他做出改变的事情。你必须增加他的痛苦，必须有一些力量把他从目前的前进方向上推开，让他走上一条令他尖叫连连的路途。

假如条件许可，可爱的佛罗多大概会一直留在夏尔度过自己的余生。他拥有财富和地位，还有一个粗壮的小园丁作为朋友。但是权力指环闯进了他的生活，而这个指环正是黑魔王用邪恶精华打造的护身符。这个指环最后传到佛罗多的手里，引用《魔戒》里的话说，它是末日来临的象征。

这是因为黑魔王想把指环要回来。除非再次把这个指环戴在手指上，否则他的魔力就是不完整的。但如果他能要回这个指环，所有的中土都将落在云层之下。于是他拼尽全力寻找它，把所有听从自己召唤的人都派出去，到处打探目前这个指环戴在什么人手上，然后把戴着指环的手指甚至整只手一起割下来，把指环送回黑门。

当佛罗多得到戒指的时候，他意识到自己再也不能留在夏尔了。那种以一个简单的哈比人身份度过余生的全部幸福期望都被扫除一空。现在，如果他对自己的家人和族人有一点点关心，都必须让这个指环远离大家。起初他的脑子里只想着让指环远离他们，以免发生不测，他想把它送给别人保管，然后就可以快速返回袋底洞。但剧情安排却另有打算。这个故事要让他知道，霍比特人是由什么炼成的，这要求他为此全力以赴。

在佛罗多的生活中，指环的到来是触发事件。就像是一把扔进齿轮箱的扳手，它迫使他改变计划，并最终让自己见证真相大白的关键时刻。

你的主人公会遇到什么样的触发事件？某种疾病困扰着她。这个疾病在故事开始的时候以某种方式表现出来。她或许感觉有点难过，不过仍不认为自己必须做出急剧的改变，即便要改变，也肯定不是现在。也许是明天吧。

那么，你要让什么令人愉悦的大灾难降临在她的头上？

乔·金曼（德威恩·约翰逊在《游戏策划》中饰演的人物）原本打算一辈子过着橄榄球长寿明星兼钻石王老五的生活。但是，随着叮咚的门铃一响，门口来了一个小女孩，他压根儿就不知道自己有这么一个女儿。嗯，这时故事的发展脱轨了。他还没有意识到这一点，但这个令人讨厌的小孩毁掉了他自由自在的生活方式，小女孩将要帮他找回自己。

威尔·斯特朗霍德并不知道，在这位超级英雄上中学的第一天，他遇到的所有人都将成为释放自己超级能力的触发器。闪电麦昆（皮克斯公司的《汽车总动员》中的人物）没有看出来，但他在散热器温泉区的波顿克镇迷路了，这将导致他从极度自私的人成长为有价值的人（呃，有价值的汽车）。劳伦斯不知道，但是正因为被派遣进入阿拉伯沙漠这件事让他发现了自己的本性。

你的主人公还没有看到，但她需要发生 X 这件事情，才能让她找到自己的真我。或许她甚至连自己失去了自我或者有病都不知道，但这并不意味着客观情况并非如此。所以，你打算给她的生活中打进一个什么样的破坏球？你打算在她的道路上制造什么样的意外事故？

一个良好的触发事件只需要两个先决条件。首先，这件事必须经过很好的选择，能把主人公抛出正常的生活轨道，直接把她抛向真相大白的关键时刻。如果你想让她认真对待自己担心惹母亲不悦的情况，那这个触发事件就不能是她在丹尼商店订购的货物出了错。不管是什么事，它的设计目标都必须是明确的。其次，这件事必须具有冲击力度，不能让她即便置若罔闻也能成功回归日常的生活状态。你要把它写成一件大事。你要给人物带来巨大的痛苦。

对于你的主人公，你知道的要比别人多。你挑选的触发事件要处处都有她的名字出现。

开始蜕变

或许在读一本小说时最令人欣慰的事情，就是看到有人在转变。当我们看到一个人处于失衡状态时，就会与之产生情感联系。我们每个人都有一些不太平衡的方面。对于生活中的某些事情，我们都有一种认知上的失调，同时抱有矛盾的意见。我们都知道人格撕裂的感觉，也都尝过违心做事时必须违背本性的滋味。

在小说和电影中的人物身上，我们同样可以看出这一点。我们心里暗想，大家一定要看看他们身上会发生什么事情。我们得到的是一种偷窥的快感，或者是一种存在的启示，我们可以看到别人处于类似我们自身所处的乱流中时，会如何想方设法摆脱困境。

一个人物的转变要有众所周知的航点。就像毛毛虫蜕变成蝶，需要经历从卵、幼虫、蛹再到蝴蝶这些阶段，一个人物也要经历许多阶段才能抵达关键时刻和最终状态。如果你知道这些阶段是什么，你就可以写出来了。而当你把人物转变的阶段写好，你的读者就会感到满足。

小说的前 50 页展现的是主人公处于这条旅程起点时的情形：纠结、初始状态和触发事件。它们是至关重要的里程碑，没有它们，你就写不出令人满意的内心旅程。如果写好了，你就能写出一个真正非同凡响的作品。

你想让主人公在这个故事里做出什么样的个人启示？如果你知道这个问题的答案，你就能明白他需要经过哪些步骤才能抵达那里。

9

如何开始

> 一个人选择了道路的起点，就相当于选择了道路所到的地方。对于目标，起决定作用的是手段。
>
> ——哈里·艾默生·福斯迪克

这本书里每一章的标题都可以写上"如何开始"。后面我会谈到小说的首句，然后再谈小说的首页，因此也许只有那一章才应该使用"如何开始"这样的标题。但我之所以给本章写了这个标题，是因为这里要谈谈你的开篇结构。从架构意义上说，这才是如何开始。

你如何构思小说的开篇？是不是把它当做一个服务于剧情而不是人物的开场盛会？是不是想在开始时让主人公奔跑逃命，跳下一个悬崖，然后再在字幕上写"三个星期之前"的提示，告诉大家小说剩下的部分写的都是那个时刻之前的情况？《超级大坏蛋》就是这样开始的。是不是设想让一个老年人讲述一个在我们看来是倒叙的故事（《泰坦尼克号》就是这样的）？

当然，有多少篇小说，就有多少种开篇的方法，不过开篇往往可分为四个大类：序幕、主人公的动作、从中间写起、框架手法。让我们看看这些选项。其中总有一类开篇方法适合你的小说。

序幕

如果影片开场的场景或镜头描写的是发生在小说的主体情节之外，却又与剧情直接相关的事件，那这就是序幕。"序幕"一词的词源是希腊语"prologos"，意为"先前所说"或"前面的话"。

序幕可以是主人公的特写，也可以纯粹只涉及其他人物。《花木兰》的序幕刻画了单于这个反派人物带领军队围攻长城，然后侵略关内的场面。《夺宝奇兵3：圣战奇兵》的序幕则介绍了主人公的童年时光。

序幕可以成为小说家或者编剧的非常实用的小工具。它们既可以构建我们谈过的东西（主人公、"常规"、基调、题材类型、背景、时代、环境、吸引读者注意力等），也可以构建我们尚未讨论的东西（反派人物、利害赌注、滴答作响的定时炸弹），你想要写的一切都可以写进一个精彩的场景中。与小说的任何其他场景不同，序幕甚至不必推进剧情主线，因为故事的主体还没有开始。从某种意义上说，序幕当然是外在于剧情主线的，但它与故事主体还是有关系的。它是一个免费的搭头儿。

尽管序幕有其辉煌的岁月，不过在一些小说圈子里，主要是在某些经纪人和编辑那里，它已经失宠了。但愿当你读到这段话的时候，情况已经不再如此。

大家普遍认为序幕不好，要么因为"没有人"读它们，要么因为它们往往除了信息倾销之外一无是处。持这种观点的编辑和经纪人也会走极端，仅仅因为第1页上出现了"序幕"二字就拒绝一本书。我曾经在一次作家研讨会上看到一个编辑把作者的序幕撕下来扔在地板上，根本没有读它。

我希望你能明白，这种做法是荒谬可笑的。仅仅因为页面顶部写了"序幕"二字就拒绝一本书，这跟仅仅因为作者是右撇子而拒绝一本书是一样可笑的。

话又说回来，假如序幕确实除了信息倾销（叙述）之外一无所有，那么无论如何你也要把序幕删掉。但这是因为叙述是不好的写作手法，而不是因为它的名字叫"序幕"。无论叙述出现在小说的任何一个地方，尤其是前 50 页，都应该被删掉。但是，假如你只要把页面顶端的"序幕"二字变成"第 1 章"，它依然能在小说前面几页填上很好的背景故事，情况就不一样了。

我们暂时不谈这样荒诞可笑的事情了。如果你想以序幕开头，那就这样写好了。你只要保证它里面没有任何叙述。读者是要读小说的序言的，所以你不用担心。序幕可以对你的小说有些许助益。你要把序幕放回正确开头的备选清单中去。

（如果你发现自己要把稿件交给一个严格反对序幕的经纪人或编辑，那么你就要把页面顶端的"序幕"二字换成"第 1 章"三个字。当然，别的文字可以一字不改。你只要重新把章节编一下号，然后就万事俱备了。我要郑重其事地说，切记：不要叙述。）

好吧，消除了这个障碍，我们就可以回过头来说一说为什么序幕是个好东西。

你可能没有意识到，一些你最爱看的电影确实是以序幕开始的，让我给你举几个例子吧。

《冰河时代》是以一个悦人的序幕开始的：斯科莱特（史前松鼠）正在追逐一个橡子，它跨越冰川，不经意间掀起了一场灾难。当他跌落在很低的地面的时候，故事的主人公被引入进来，于是，对于这样的故事世界以及这部电影的基调，我们都有了很多的了解。对于即将发生的一切我们也做好了准备。

《捉鬼敢死队》的开头是在纽约公立图书馆的一次令人毛骨悚然的奇异遭遇。我们的主要人物甚至都还没有上场，但我们已经开始预料到他们要做什么事情。正如已经看到的，《猎杀红色十月》的开头是在苏联一个寒冷的早晨，肖恩·康纳利坐在苏联导弹潜艇里航行，《兵临城下》的开头也是在苏联一个寒冷的早晨，瓦西里需要用步枪射杀一匹狼。这些序幕给大家介绍了影片中的主要角色，并为故事准备好了舞台。

《天崩地裂》的开头是火山学家哈里·道尔顿博士（皮尔斯·布鲁斯南饰）与自己的未婚妻调查哥伦比亚火山的情况直到深夜。火山爆发了，在他们逃离的过程中，道尔顿的未婚妻丧命了。故事的主线则发生在四年之后，这时受过伤的主人公又被派遣去调查一座暗流涌动的火山。

《火龙帝国》的开头是男主人公童年的情况。在英格兰一座煤矿的井下，他偶然发现了一条蛰伏已久的火龙，火龙醒来后引发了世界末日的善恶决战，这时主人公已经成年，在影片的其余部分他一直为生存而奋斗。

《超人高校》和《尼姆岛》的开头都是奇妙的序幕，以令人愉快的方式讲述了大量的背景故事。迪士尼的《阿拉丁》的开头是两个序幕，一个序幕介绍了故事的世界，另一个序幕则刻画了主要的反派人物。

序幕是你的朋友。

你在小说前50页必须做的事情，有近一半的内容都可以写进序幕中来。如果这个想法吸引你，那就好好想想如何使用序幕吧。

你可以把序幕当做一个短篇故事来写，也可以用电影的隐喻把它当做一部短片来拍。你要把它写成一个独立、完整的小故事。《夺宝奇兵3：圣战奇兵》的片头序幕堪称一绝。这样的序幕基本上可以用独立短片的名义参加电影节的评选。它具备了一部独立短片的娱乐功能。它独立于故事主线，但与其相关。

序幕未必是短的。它们通常是短的，但也不是说不能更长一些。在我的第四部小说《火把行动》中，我写的序幕部分就包含了四个章节。我的主人公一开始是一名海军海豹队的狙击手,部队驻地在印尼。在这个扩大版的序幕中,我让他和他的团队去夺取一个能带来机会的目标,但在执行这项任务的过程中出现了可怕的错误。我用了好几页的篇幅详细描述由此带来的负面后果,这构成了主人公在上述行动结束后的故事主线中要开始执行的任务。

说来说去,序幕未必意味着"短的场景"。序幕的含义只是在主要剧情之前所说的话,这些话必须要先说出来,以便读者以应有的方式接触到主要的剧情。假如你觉得序幕是自己的小说开篇的好办法,那就努力去写吧。至于它的长短还要因地制宜,以实现自己的目标为要。

序幕有一个很大的优势,即你可以用它来吸引读者,却不必展示主人公积极行动的场景。我们已经知道,假如你在开头就把主人公搬上舞台,你就必须为她精心设计一些有趣的活动,否则你无法吸引读者。但是,假如在一开始她做的事情没有什么好玩的地方,那该怎么办?假如只有神秘的陨石从天而降才能赋予她魔力(比如在《怪兽大战外星人》中),而在此之前她无法成为超级英雄,那该怎么办?那样就太糟糕了。假如一开始你就让她站在舞台上,你就必须让她做出一些非凡的英雄事迹,即便此时她并没有获得强大的力量。

对于你的开篇来说,这可是一个很大的负担。这或许导致你人为地指派主人公做一些在故事开始阶段并不会真正干的事情。小说一开始就写某种对于主人公来说有损其可信性的事情的确不是一个好主意。

但是,假如你使用序幕的目的是吸引读者的注意力,那么当你第一次把主人公搬到舞台上的时候,你可以让他做一些对他来说完全是典型的事情,即便这样的事情本身并不吸引人。

我们第一次见到格勒博士(比尔·默里在《捉鬼敢死队》中饰演的人物)的时候,他一边做着糟糕的科研活动,一边与女孩调情。这个介绍做得很好，揭示了他的性格，但绝非什么英雄事迹。不过你也不用担心，因为故事开始就有了图书馆里令人难忘的一幕。观众被吸引住了，这说明这样写主人公的登场首秀未必有什么好担心的。

我们已经看到单于带领军队在各处长城蜂拥冲关，这个剧情吸引了我们。我们知道坏人来了，战争已经迫在眉睫。因此，当制片人把木兰搬到舞台上的时候，他们不必再有吸引观众的负担。他们不必牵强附会地设计出武打动作来介绍木兰这名女战士。他们可以直接展示她在自己正常生活中的情形。他们可以专注于描写她的日常生活，让我们知道她是一个什么样的人。

这就是序幕的好处。

假如你决定写一个序幕，你要保证这个场景是又好又长的，绝对不能是半页的"序幕"。如果你制作出一部开头只有10秒钟场景的电影，你会感觉捉襟见肘。所以，在你写小说的时候也不要给自己那样的压力。不要给我们呈现一个或多个小场景，因为它们让人感觉扭扭捏捏、欲走还羞，而不是优雅曼妙的舞姿。当你开始写小说的时候，就正式地从序幕写起吧。开头的场景要写出8~20页，这样的篇幅相当于一部电影的第一个场景。

最后请记住，假如你选择写序幕的话，你的序幕需要能够吸引读者。它也可以实现别的目的，比如介绍主人公或者反派人物，但无论其他目标是什么，因为它占据的位置是小说的前面数页，它必须完成前50页的首要任务，即吸引读者。

假如你始终认为序幕适合你的小说，我希望再给你一个新的鼓励。来一场头脑风暴，想出自己可以创作出的6~8个短篇故事，这是展开你的小说的好办法。这样做并没有什么害处，你可以随时决定恢复原来的构思。我发现，权衡各种选项的利弊要么能给我带来很棒的新想法，要么能证实我最初的计划才是最好的。

主人公的动作

序幕还有一种变体，我称之为"主人公的动作"。当故事以这样的场景开始时，会发生在主要剧情之前（因为你在违反常规之前，必须构建常规），这样的行动展现了主人公的近况。序幕聚焦的则是主人公在主要剧情开始多年之前的情况。

正如我前面提到的那样，最典型的例子是《夺宝奇兵1》片头的一组镜头。重新观看那组镜头，然后分析它完成了多少我们在本书谈到的主题任务。印第安那·琼斯结束了那次旅行，他一回到家就马上被推入故事的主要剧情之中。

在每一部詹姆斯·邦德电影的开头，特工007总是处于巅峰状态，做好了消灭坏人的准备。一般情况下他总是先赢得一场胜利，然后到军情六处报告，并和钱眼小姐调情，然后接受下一次任务。

行动式的开篇是用来介绍主人公的。如果你决定在大幕初启之时就把主人公展现在舞台上以便吸引读者，那么这样的小说开头往往是你想要的。

需要注意的是，主人公的动作未必意味着行动的动作。艾丽·伍兹（瑞茜·威瑟斯彭在《律政俏佳人》中饰演的人物）登上舞台的时候，是信心满满的。这种信心源于她是南加州一所大学里人气很高的女生联谊会会长。她和联谊会的姐妹们一起期待着她的白马王子，一个未来的哈佛大学法学院高才生，期待他向她求婚，然后把她带走，实现自己一直努力工作想要实现的理想生活。他们在餐桌旁相对而坐，然后他投下了炸弹。在这个场景到来之前，我们已经看到了主人公的行动。我们已经知道，她是一个爱出风头、招人喜欢的小女生，但同时也是个见风使舵的人，至少在时尚方面她是这样的。这是一个以主人公的动作开头的例子，这个行动跟间谍或食人部落无关。

电影《少女妙探》开头描写的是南希（艾玛·罗伯茨饰）在工

作，她有什么事做？当然是侦破罪案。在主要剧情开始之前，我们就看到了主人公的行动。我们看到她不仅是一个伟大的侦探，而且是一个成熟的年轻女子，她给骗子讲解法律和心理学，又从大楼跳下实现了大胆的逃命。这个主人公的动作场景很了不起，它介绍了主人公，揭示了主人公的很多情况，也揭示了电影的基调。

《我，机器人》的片头场景中，作为主人公的侦探斯普纳（威尔·史密斯饰演）认为一个机器人犯了罪，并开始徒步追踪这个机器人，打算把它捕获。我们看到他在炫耀自己的体能、决心，不幸的是，他还暴露了自己的偏见……因为机器人毕竟是不会犯罪的。这个主人公的动作场景介绍了许多情况，这个人是什么样的，故事将发生在什么样的世界中。

《角斗士》的片头是马克斯默思（罗素·克洛饰）带领队伍与野蛮人部落激战。我们看到他关心自己的士兵。我们看到他是领导。我们看到在战斗中他展现出的个人英雄气概和战斗实力。当这一组镜头结束的时候，我们都要拍打自己的胸膛。这个片头就是一个很好的主人公动作。

如果你的小说采取主人公的动作场景作为开头也许能取得最好的效果。你创作的这组镜头包括：（1）揭示主人公本质上是什么样的人；（2）展现（或者至少要暗示）他的心结；（3）介绍这个故事世界、基调、风格等；（4）吸引读者。然后，你的小说开篇就会变得了不起。

也许你一直想用一个200年前发生的事情作为序幕，然后再开始创作小说的主要剧情。这样做可能是有效的，但也要思考一下小说的开头就让主人公登上舞台做一些他在小说中要做的事情会怎么样。

即使你决定在小说的开头写一个序幕，或者使用别的方法开始写起，当我们看到主人公登上舞台的时候，你总得让主人公有所行动。

记住，要把它写成一个又好又长的场景。等你的小说开始以后，就绝不要停下步伐。

从中间写起

"in media res"（从中间写起）是拉丁语"中间"的意思。在叙事方面，它的意思是不从开头说起，而是从故事的中间部分或者结尾开始说起。

《超级大坏蛋》开始的时候，主人公从空中坠落。通过画外音，主人公告诉我们，他要讲的是自己如何走到这番田地的。这部影片剩下的百分之九十都在说他从空中落下的来龙去脉。我们从接近尾声的地方开始，然后再通过倒叙手法回看以前发生的事情。到了临近结尾的地方，我们又"赶上"了那一刻，这时我们又一次看到他从空中坠落的场景，我们不仅了解了事情发生的经过，而且此时的感受也跟一开始迥然不同了。

《变身国王》开头登场的是主人公，库斯德（由大卫·斯佩德配音）是一头在雨中独坐的美洲驼。他是怎么变成那个样子的，就是电影其余部分的主题。

从中间部分开篇的方式可能是一种效果显著的小说开头，你唯一要保证的就是自己开头所写的行动能吸引读者。否则谁会在写故事的时候颠倒顺序，把一些无聊的事情写在前面？这让你的小说拥有一个快节奏的开头，如果写得好，它能让读者迫切想要了解事情的发生经过以及起因。有了这样一个开篇，正如使用序幕一样，你可以让读者大感兴趣，而你的第一个"常规"场景则可以是很平凡的。

电视剧编剧很喜欢从中间部分开始，尤其是它可以改变每集通常的开篇套路。一个典型的例子就是《星际迷航：下一代》中一集名为"因果关系"的剧集。第一个镜头拍摄了我们心爱的"企业号"星际飞船面临极度危险状态的情形。45秒过去后，船长皮卡德下令所有船员弃船，然后企业号飞船就爆炸了。

哇，真厉害。说一说吸引观众的具体方法吧。你可以试着把所有的主要人物和标志性宇宙飞船炸个稀巴烂，然后看看是否抓住了读者的眼球。

不过，从中间部分写起有其优缺点。我不认为它适合每一个作者，当然也不一定适合每一部小说。它看似容易，实则需要把握好火候才能奏效。

我看到过许许多多未发表的小说，它们的开头是主人公飞快地逃离某种动物或者坏蛋的追击。然后，在下一章的开始，我们就看到"两年前"的字样，此后这本小说就回过头来，开始追溯一切的源头。

听起来不错，对吧？听起来这个从中间部分写起的办法还算可以。但问题是，我对故事一点也不在乎。我和这个人物以前没有情感联系，在这个场景中我也没有任何共鸣，所以即便她被僵尸吃了，我也不太放在心上。

为了取得震撼人心的效果，从中间部分写起的开篇必须完成任何其他类型的小说开篇所要完成的任务：必须吸引读者的眼球。开篇必须让读者对于正在发生的事情产生强烈的兴趣，否则它就是失败的。如果你的开篇是失败的，剩下的就只有失败了。在一个从中间部分写起的开篇之后，接下来的场景通常都没有太多卖点，也不是特别有趣。所以，你的开篇必须能真正吸引人，否则你就要遇到大麻烦了。

同我们在这一章里看到的开篇类型相比，从中间部分写起的开篇往往篇幅短小的效果最好。让读者有点儿摸不着头脑是件好事。为了弄清楚究竟发生了什么，他们就得打起精神来。对于读者来说，太多的迷惑不解就不是好事。如果开篇过于拖沓冗长，随着人物人际关系的深入并且进入具体情节，读者会感到迷惑不解。在读者看来，你的故事显得像是一群人乱哄哄地跑来跑去，慌乱地做着动机不明的事情。

《盗梦空间》、《记忆碎片》、《大笨蛋》和《大卫·戈尔的一生》

都是由中间部分开篇的经典电影。有些电影，比如《盗梦空间》和《记忆碎片》，主要关注的是思维或记忆的大脑活动。在这种情况下，从中间部分开篇往往是必要的。在其他情况下，这样做纯粹是为了好玩儿。

回归起点这样的事情总是让人有点儿感动。这样的故事让人感觉全面而且完整。当兜完整整一个大圈子之后，有些故事的终点与起点几乎重合。另外一些故事也回归了那个重要时刻，不过接下来剧情还要向后延续。这样的故事才是我的最爱。之前的一切让人感觉有点儿命中注定的意味，因为我们预感大家早晚还得回到那个起点。但是，当我们跨越了这一起点之后故事仍然继续展开，这就让人感觉极富新意而且似乎浑然天成，似乎我们在搞创作的时候头上并没有笼罩着天网恢恢。

正如萨拉·康纳（琳达·汉密尔顿在《终结者2》中饰演的人物）在片尾所说的那样，"在我眼里，一向清楚明朗的未来，已经变得像暗夜里一条黑色的公路。现在，我们进入了未知的领域……随着我们不断前进，历史就这样写成了。"

让我们来想想你的小说吧。你的小说是否涉及穿越时空隧道的旅行或者大脑运行的奥秘？如果真是这样，那么从中间部分写起的方法正好适合你。你写的是不是一个小说系列，而眼下这本是第四本？如果是这样，一个很棒的办法是让主人公置身于某种极度危险或者出人意料的情境中，然后让读者迫不及待地想看看主人公如何应对这种困境。你的主人公一开始是不是并非特别英明神勇，于是你想以动作开篇而不使用序幕？或者，你是不是纯粹希望为小说开篇开创一种崭新的方式？

假如上述问题中的一个或多个符合你的情况，你就可以考虑从中间部分开始写你的小说。请记住，比起几乎所有其他类型的开篇结构而言，这样开篇成功的难度更大。事实上，我认为自己大概永远不会建议出版一本从中间部分写起的小说。原因并不是我反对这种写法，而是因为有这种想法的作者往往犯了眼高手低的毛病。

直接按照时间顺序安排小说情节几乎总是更好的选择。这个规则不仅适用于前 50 页，也适用于后面的全部内容。你知道我向来对于倒叙没有好感，你也知道我为什么要说一篇完全使用倒叙的小说会让读者大倒胃口。假如没有十足的理由，那么我的建议是干脆不要使用这样的开篇方式。

但是，假如你确有一个很好的理由这样做，或者你坚持要试一试，那么你就那样做吧。多尝试不同的构思只能增加小说的力量。

框架手法

最后，我们再来看一种"如何开始"的办法，也就是框架手法。使用框架手法的小说在时空方面的起点和终点并不是主要剧情的起点和终点。

《泰坦尼克号》是框架故事的一个好例子。我们首先看到的是当今从事泰坦尼克号研究的专家，还见到了一位名叫罗丝的老太太，她说自己知道研究人员都希望找到的那枚王冠上的宝石。罗丝来到了专家所研究的那条船里，然后开始讲述自己的故事。她所说的话把我们送回遥远的过去，随后我们看到故事的逐步展开，仿佛有一种观看"现场直播"的逼真感。

在看这部电影的过程中，我们数次重回当今社会，这主要是让我们的理解扎根于过去的现实，同时也可以在这个过去的故事中跨越时间的局限。听完整个传奇事件之后，我们又回过头来，看到了专家们研究的那条船，看到罗丝本人结束故事的讲述。

框架结构的另一个例子是《恋恋笔记本》。一位老先生向一位老太太讲述两个年轻恋人的故事，接着我们回到过去的时光，观看所有故事情节的展开。在观看整部电影的过程中，我们的目光时而回到这对老夫妇身上，时而又回到关于过去的倒叙内容。

框架结构可能适合于你的小说。这样的小说都是讲故事，是一种局内人向"局外人"讲述过去的事情，故事里的人物在重温往事。从这个角度看，非常类似于从中间部分写起的小说，只是框架故事几乎总是在事后很久才讲出来，而不是在事情发生的过程中讲述。

框架故事的一个缺点是，你会损失一些张力。假如你把主人公呈现为一位老者，当你在每个昔日的场景中把他置于险境之中的时候，人们会觉得很无聊，因为我们知道主人公现在还活着。这样你的悬念就被削弱了。

但是，只要你心里惦记着这一点，你就能绕过这个问题。你只要不把故事讲述者的真实身份清楚地揭示出来就可以了。我们以为这个讲述者是主人公，但其实他也可以是主人公的兄弟、儿子或者竞争对手。跟他在一起的老太太既可能是故事中的那个女孩，也可能是别的什么人。

写好框架故事的另一个秘诀是既要写一些眼前发生的事情，也要写一些往事。假如我们只是单方面地让一个人物坐在安乐椅上滔滔不绝地谈论过去的陈旧往事，读者就很难保持浓厚的兴趣。但是假如你在两个故事里都设置了悬疑、动作和关联，那么两个故事就有可能是同样迷人的。

希格利的小说《马杜克的平板》写的是一位现代语言学家搞了一次考古挖掘，他想破译一个古代泥板上面刻着的符号。这个故事既有阴谋诡计又有肢体冲突，因为有人不想让其中的秘密被破译之后再度公之于众。但每当主人公碰到这个平板的时候，她的心就被送回遥远的过去，置身于巴比伦的女祭司的心灵和肉体之中。这个故事同样是既有危险、悬念，又有人际关系的发展变化。这部小说从头到尾都让我们在历史与现代之间反复游走。而且，由于这两个故事自身都很有趣，所以这个框架手法十分成功。

正如前文所述，我的观点是：剧情直接沿着时间顺序写出来几乎总能取得更好的效果。框架故事实际上是一个长篇幅的倒叙，有着倒叙手法的全部缺陷和风险。假如你能让读者对剧情很感兴趣，那么，当你停下主要故事去讲别的故事的时候，能够做到不打消读者的兴趣吗？当你让读者暂时不要关心眼下一组人物，而用一组新的人物从头再来，读者可能会说，"呃，不必麻烦了，谢谢。我想看看有什么电视节目。"

既然如此，为什么还会有人考虑写一部框架结构的小说？原因大概有以下几个。

第一，假如你觉得读者与主人公及其处境很难产生情感联系，框架故事可能是你最好的选择。就拿《马杜克的平板》来说。假如那本小说封底上的故事梗概告诉潜在的读者，这本小说写的是一个古老的巴比伦女祭司的故事，那这本小说就会很难卖。但是若说这个故事写的是一个年轻的美国女子迫切需要解读一件文物的意义，同时她拼命跑到中东地区……啊，这样书就有卖点了。

因此，如果你的小说写的是远离读者的故事，或者远非读者自己打算阅读的东西，那么框架手法可以填补中间的差距。

第二，假如你想讲述的两个故事分别发生在不同时代，也可以考虑使用框架故事方法。在此类故事中，《朱莉与朱莉娅》堪称经典之作。朱莉娅·柴尔德的往事让我们着迷，而让我们大呼过瘾的则是朱莉·鲍威尔在当今时代的故事。另一个例子是《苏菲的选择》，它对于框架手法的运用也非常成功。可能你的故事也是这样一个跨越两个时代的故事，此时你就可以考虑使用框架的手法。

第三，假如你不想让读者清楚预测到故事的结果，那么框架故事方法可以帮助你做到这一点。当然，无论使用什么样的开篇，你都想让故事的结局对读者形成一种悬念。但框架手法允许你引导或者误导读者，什么人活下来了，什么人死了，什么人爱上了什么人。在当代的故事中，你可以在场景中展示不同的人物，并且让大家相信，这个人物既可能是 X 也可能是 Y。这可以说是一种恶作剧式的快乐。

最后一点，假如你正在写一个有关穿越时空的故事，那么可以考虑使用框架手法。《回到未来》的起点和终点都是 1985 年，但中间部分的故事发生在 1955 年。我们回过头来时，这个 1985 年已经不是我们出发时的那个 1985 年了。这个框架故事用得很棒。你写的任何有关时间错位或回忆的小说，都可以把框架手法作为很好的候选写法。

牢记：吸引读者

如何开始写你的小说？我希望这一章的内容能让你考虑使用一个不同于原来打算使用的开篇方法。

大多数小说的开篇要么是序幕，要么是主人公的动作。这些都是非常典型的开篇方式，当今人们创作、出版的小说有大概 85% 都是这样。但是，这并不是说你的小说也要这样开篇。你自己也可以自创某种混合的方法。何不从眼下故事情节的中间部分开篇，写出一部框架故事呢？何不写出一个序幕，刻画一个反派人物，但后来我们则看到这是一个框架手法，而主人公后来变成了这个反派人物？这样写也很好玩。

请问电影《谍影重重》使用了哪个开篇方法？电影一开始，一个神秘男子陷入昏迷，他漂浮在地中海上，穿着黑色的工作服，还戴有某种定位信标。渔民把他从水里捞出来后，发现他身上有好几处枪伤。在他们的照料下，他恢复了健康，但是当他清醒过来之后，已经不记得自己是什么人了。在影片剩下的部分，他努力恢复记忆，后来终于有了记忆，但是他想摆脱那种让他遭到枪击的生活。

准确地说，这个片头并不是一个序幕，因为主要的故事开始之前我们并没有看到什么东西。它也不是从主人公的动作开始的，因为无意识地漂浮并不符合任何人对于"动作"的定义。当然，它也没有把主人公引荐给我们，因为他连自己是什么人都没有搞清楚。我们跟着他一路走来，跟他一起发现了他的身份。这或许是一种从中间部分写起的开篇，因为他显然是处于某种重大事件的中间。但在他的故事中我们并没有跳回之前的故事中去。只是回去一点儿。因此，确切地说，尽管写他现在所做的一切是为了弄清楚过去发生的事情，但它不是框架故事。

其实，确定它的开篇属于哪一类型并不重要。它是两种或多种开篇的混合体。需要注意的是，它完成了头号任务：吸引观众。说到底，当你思考如何开篇的时候，无论使用哪种结构，下面这个问题才是你首先要问的问题：能不能吸引读者？

希望这个讨论已经让你知道在开篇时需要深入思考的一些好的构想，但是假如你已经想出来的构思虽不属于上述类别，却依然能吸引读者，并且能给读者指出你的小说的正确方向，那你就可以继续使用它。

10

又一个好乱

艰难的开头成就好的结尾。

——约翰·海伍德

你有没有看过一个没有任何实质情节的无聊小说或者电影？人物在说话，事情在发生，但就构成好故事的要素而言，却没有什么实质内容。

我看过这样的小说。我见过许许多多（未发表）的小说手稿，里面全是人物互动、有趣的小插曲、令人愉快的场所、有趣的性情中人，而且往往还有大量的背景故事，但是说真的，这些东西似乎无法让小说摆脱沉闷状态，起到活跃气氛的目的。

这类小说的作者往往擅长人物塑造，他们对于如何塑造精彩的人物很有一套，但相比之下，他们的情节构思显得苍白无力。我并不是要挑这类作家的毛病。他们笔下逼真的人物和精彩的对话往往让我望尘莫及。这是他们天生的才华，当他们遇到一个像样的情节点的时候，脑子里就能浮现 17 个人物。这种才华着实让人震惊。不过窍门在于弄清楚如何保留一个人物的同时还要再增加一个人物。（假如这是你的处境，我的电子书《如何找到你的故事》会对你有帮助。）

如果你的人物没有需要克服的障碍，即便你把他写得再好，他也没有存在的理由。从根子上说，小说要写的是人物有所渴望、有所追求的故事，同时小说还要写那些让人物无法如愿以偿的拦路虎。

一般来说，缺乏障碍的故事就像一个人漫无目的地跟着感觉游走，不管是作者还是读者，他们都这样跟着感觉走。这也难怪，因为假如你连自己想抵达的目的地在哪里都弄不清楚，你怎么能知道自己是否已经抵达终点了呢？

你的故事需要什么，在前50页内你必须介绍什么，就是人物在实现目标的道路上成为他的拦路虎的东西（或者人）。

我现在说的既包括小说中的坏蛋或者反派人物，也包括利害关系、冲突和悬念。

为了把故事写得更好，你必须让主人公进入一堆又一堆的乱麻之中。

坏蛋

对每一个天行者卢克，都必须有一个达斯·维达与之抗衡。对每一个威艾特·厄普，都必须有一个比利·克兰顿与之作为对立面。对每个里普利，都必须有一个异域的皇后。对于主人公的旅程而言，这个坏蛋就是影子。他是与主人公势不两立的邪恶势力。

主人公的强大程度完全是由他要面对的反面人物的强大程度决定的。如果埃伦·里普利（西格妮·韦弗在《异形》中饰演的人物）救了一个小女孩，而她是从三只愤怒的木匠蚂蚁那里救出来的，那么她就不能算是很英勇。但是，她直接对抗的是拖拉机大小的外星人，它的酸液和长长的獠牙可以撕裂人的喉咙，那么，你的英雄主义故事就有了构成要素。

站在主人公和他的目标之间的那个拦路虎就是坏蛋。这并不意味着它必须是一个带着电锯的暴力狂。这个人也可能是主人公的老板或者情敌。它甚至不必是一个人。它可能是一种疾病、一家公司、一座山、一种残疾，甚至可能是时间本身。只要你布置了某种拦路虎，阻止主人公实现其目标，你做得就符合要求了。

对于大多数小说而言，拥有一个可以识别出来的坏蛋就足够满足要求了。你需要通过某个人物把主人公在实现愿望的道路上遇到的挑战加以人格化。你可以让主人公去对抗"英格兰人"，这也很好，但你怎样才能说明这一点呢？用强大的军队？巨大的城堡？从结构的角度来看，你需要一个爱德华一世那样的国王与你的威廉·华莱士作对。当爱德华被打败或者获胜的时候，你就知道故事结束了。

你可以让哈利·波特站起来反抗邪恶，但是如何反抗？假如没有那个"不能点名的他"，哈利就不会全力反抗什么人。用具体的善对抗普遍的恶，这个故事就不会有很好的效果。你需要确定一个人作为目标，然后才能向那个人投出飞镖。

即使你的反面人物是一个体制、一种思维模式或者某种官僚作风，你也需要让一个人作为其象征。乔治·泰勒（查尔顿·赫斯顿在《人猿星球》中饰演的人物）真正对抗的是猿类文明。但是，这没有太多电影的特色。你怎么知道自己是不是在直接对抗一种文明呢？但是假如你让某个翟厄斯医生代表这种文明，你就知道自己的立场所在了。假如翟厄斯胜利了，猿类文化也就获得了胜利。但是，假如泰勒能在与翟厄斯的斗争中占上风，也就意味着与那个文明的对抗取得了进展。

《艾利书》中的艾利（丹泽尔·华盛顿饰）和邮差（凯文·科斯特纳饰）正在反抗末日启示后美国的无政府状态。他们可以与各种群体展开战斗，但你需要一个人格化的老板，这样你才能知道什么时候战争取得了胜利。因此，我们就有了卡内基（加里·奥德曼）和伯利恒将军（威尔·巴顿）。

罗伯特·内维尔（威尔·史密斯在《我是传奇》中饰演的人物）大战一群围攻曼哈顿的基因突变人。但是，这里的反面人物过于模糊，因此编剧创造出一个名叫阿尔法·梅尔的人物充当基因突变人的国王，这样一来坏蛋就更加便于操作了。

我猜你已经想过小说的坏蛋最后将成为什么样的人。不管你有没有想过，现在就想一想。也许你的心目中已经有一个明确的坏蛋。如果是这样，那太好了。我们将用一分钟讨论一下这个人应具备哪些特点。但是，如果主人公的目标遭到了更加抽象的阻碍，那你就得考虑如何把那种邪恶凝聚起来，把它嫁接在你创造的一个人物身上。

大多数时候，一个人格化的邪恶势力是最好的。能让主人公最后面对自己的反面克星，让被告站在原告面前，而不是让被告对着空气咒骂，这样效果才能令人满意。

但是，有时你讲述的故事中的邪恶势力不能得到具体化。人与人对抗的故事几乎总会继续，但也有别的故事种类。还有人与自然、人与自我、人与科技、人与社会、人与超自然或者命运之间的对抗。如果主人公面对的障碍是世界末日来临前一颗飞速撞向地球的小行星，你就不能把这颗小行星具体化为某个人。如果你的对立面是命运，正如在《土拨鼠日》中那样，你就不能让某个人物把那个类星体拟人化。如果你的对立势力是一连串致命的龙卷风或者一次完美风暴，那你也不需要找一个人作为它的化身。

有时候，你其实可以从这些类别的对抗中提炼出一个人格化的敌人。在人与技术对抗的小说中，你可以让主人公对抗一个终结者或者计算机主机（比如《我，机器人》中那样）。人与自然的对抗可以通过主人公与大白鲨的对抗加以体现。人与自我的对抗可以外化为主人公与自己的影子自我的对抗，正如贝洛奇对印第安纳·琼斯说的那样："我只是你的一个朦胧的倒影。只需要轻轻一推，就能让你变得跟我一样。把你从光明的地方推出去。"

你要想办法把笼统的邪恶势力塑造成一个具象的邪恶实体。你的小说缺乏的可能正是这样的东西，有了它小说才能有冲突。但是不要勉强。抽象一些的邪恶势力也可能略胜一筹。有时这确实是一个在坏蛋与火山之间做出的抉择。

合格的坏蛋有哪些特点

为了让反面人物成为阻挡主人公的拦路虎，必须让他具备某些特质。你需要在前 50 页内把这些特点都写出来。

一方面，这个坏蛋必须与主人公作对。我知道这听起来好像是大白话，但其实这话值得一提。假如主人公想到加州大学洛杉矶分校电影学院上学，而坏蛋是一个邪恶的生物学家，他正在对南非所有的青蛙赶尽杀绝，那这个构思就算不上很好。你要确保这个坏蛋横刀立马地挡住主人公的去路。

这并不意味着两者之间的联系必须是一目了然的。也许这个毒害青蛙的家伙确实很适合当坏蛋……不过得有一个前提：主人公考入电影学院的机会取决于他能否制作完成一部纪录片，揭露南非的青蛙遭到杀害的始作俑者。但是反面人物迟早都必须站在主人公的对立面，否则他就是其他人物的反派了。

其次，坏蛋必须要比生活中的坏蛋实力更强大。这个人必须代表一种威胁，这种威胁要严重到致使主人公无法实现愿望的程度，否则就根本称不上反面人物。天真无邪的园丁潘西肯定无法创造出勇士索拉克那样的传奇，你明白吗？坏蛋的威力越强大，主人公将他击败的壮举就越是令人印象深刻。事实上，不管什么人，只要他们敢于对抗像索隆（《指环王》）、伏地魔（《哈利波特》系列电影）或者外星女王（《外星人》）这样嚣张的反面人物，从他们站起来的时候起，他们就是值得尊敬的。

你的反面人物是否足够强大？打败反面人物能否彰显主人公的英勇？即使你确信自己的回答是肯定的，也要继续给反面人物增加几层邪恶的因素。假如她本来只是一个欺善怕恶的小人，那就再给她配备一个魔力无敌的指环，给她一把灭绝一切的魔杖，这样她的威力就更加突出了。反面人物跟主人公应该势均力敌，这样塑造出来的主人公才能是百年难遇的英雄。

你的反面人物未必一定是卑鄙无耻的。他不必采取邪恶的行动。他甚至不必故意阻挠主人公。一座山只是山而已，它算不上一个积极作恶的恶棍（大多数的故事中都是这样）。反面因素可能只是一座山。一场风暴可能只是一场风暴，并没有什么恶意。它虽然成了主人公的拦路虎，但它并不具备作恶的意愿。

即便反面因素是一个坏人，这个坏人也未必是老谋深算的阴险家。多洛雷斯·乌姆里奇（《哈利·波特与凤凰令》）从不认为自己是个坏蛋。克莱德·谢尔顿（杰拉德·巴特勒在《守法公民》中饰演的人物）也不以坏蛋自居。当然别人说他们是坏蛋，但是他们自己并不是这样想的。同样，战争小说中的"敌人"或者运动小说中的"对手"也不以坏蛋自居。对立面的人们与主人公作对，但他们未必是恶人。在他们的心目中，他们也只是在做自己必须做的事情。假如别人要跟他们作对，而且他们必须解决这一问题，那就由着他们去吧，但是这并不会把他们变成坏蛋。

你的反面人物未必都是邪恶的。像《诡秘怪谈》或者《耶稣受难记》这样的故事需要邪恶的反面人物，但大多数故事并不需要。我觉得最恐怖的主人公是这样的，他们本身是灰色的，特别是主人公（和读者）是在逐步摸清敌人来自哪里的情况下。主人公或许并不同意反派人物的所作所为，但她至少明白反派人物这样做的原因。完全黑色的坏蛋很容易写出来。但是这种写法老套而懒惰。一种对于作者来说更难、对于读者来说更有趣的写法是：不要用黑白分明的笔法刻画你的反面人物，而是在黑白之间分出 64 级灰度，然后用这些不同的灰度刻画人物。

你要保证坏蛋能够拦住主人公实现愿望的脚步，而且坏蛋还要实力强大。

没有坏蛋的故事

有些故事没有反面人物。比如大家耳熟能详的电影《阿甘正传》、《欢乐满人间》以及《富贵逼人来》都是这样的。这些故事用某种惊奇和发现取代了反面人物。另外，它们通常属于一种特殊的故事类别，这些故事的主人公往往没有经历内心的旅程。

这并不是说，如果主人公没有人物发展弧线的话，他的故事就不能有反面人物。《机器人总动员》的对立面是"奥托"，即飞船的中央电脑；另外，任何讲述耶稣生平的故事中都会有撒旦的身影。不过在这两个故事中，主人公都没有改变。

比如，你正在写的是女性小说，讲述在缅因州一座沿海城市里的四个好友的人生经历与人生考验，你或许用不着写一个坏蛋。这是可以的。给这样的故事增加一个连环杀手纯属画蛇添足。你只要按照实际情况写就行了。

但是，如果你发现自己写的故事让人感觉不应有坏蛋，你要好好地、认真地想一想，然后再得出这个结论。写一本主人公不需要抵抗外在敌对势力的小说是非常困难的。但对于某些故事来说，这确实是可以的。假如你确定自己的小说里没有坏蛋也能拥有足够的冲突，那你就可以这样做。

坏蛋登场

假如你的小说和大多数小说一样有一个坏蛋，那你就需要在前50页内把他搬上舞台。

反面人物的登台亮相需要你煞费苦心，正如你要细心安排主人公的登台首秀一样。在小说中，反面人物是仅次于主人公的重要人物。甚至可以说，他才是小说中最强大的人物，因为推动故事发展的动力很可能就是他。因此，他在小说中的首次亮相需要精心策划。此外，写反面人物也是非常有趣的事情。

在小说允许的情况下，我建议你为反面人物专门写一场戏，和主人公登台首秀的场景一样，大体上相当于一个相对独立的短篇小说，向我们展示他是什么样的人以及属于哪一类人。

电影《变身国王》中的反面人物是泽马，当我们第一次见到她的时候，正端坐在皇帝的宝座上，努力操控整个国家。不久之后，我们看到她在自己的巢穴里谋划着如何毒死皇帝。在电影《大白鲨》中，我们见到那条大白鲨的时候，它正在攻击并且吞噬一个孤独的泳者。我们最早见到"黑暗"（蒂姆·库里在《诡秘怪谈》中饰演的人物）的时候，他正在自己的宝座上谋划推翻"光明"。在《泰坦尼克号》中，我们对于卡尔的最初印象是，他是一个傲慢的控制狂。

也许你的故事允许反面人物在小说的稍后部分再登台亮相，甚至让他在前50页之后再上场。在老版《外星人》电影中，直到第一幕收尾的时候，外星人才现身（三幕剧结构是我们将要在第11章探讨的内容），而等到我们真正看到他的时候已经是第二幕了。哈儿（《2001太空漫游》）直到剧情的中点之前都没有以反面人物的形象展现在观众面前。

如果你写的是一个神秘谋杀案，可能不想让读者认出反面人物是谁。在这种情况下，当反面人物登上舞台时，读者虽然可以看到，但并不知道在眼前晃来晃去的一群人中，究竟哪个人"作了案"。

我们已经谈过，你可以用序幕作为小说的开篇。这里我之所以还要谈序幕，是因为序幕往往可以出色地完成几项任务，其中包括引入反面人物。

在见到天行者卢克之前，我们已经看完了达斯·维德惊人的登场亮相。《花木兰》的片头序幕讲述了单于带领军队将要摧毁木兰的世界。在《星际之门》开头的一个场景中，出于某种不明目的，外星人绑架了一个原始人类。《星空奇遇记》（2009）开始就介绍了尼禄以及他那艘来自未来的太空船的强大火力。

使用小说的开篇场景把反面人物引进故事中来，不仅能很好地展示反面人物以及主人公将要面临的挑战，而且能完成我们还没有谈到的一些任务：设置利害关系，展现"否则"的因素，启动冲突，引发悬念，设置好定时炸弹让它滴答转动起来。

此外，如果你用序幕介绍了反面人物，你就减少了主人公登台首秀的压力，因为这场戏不必独立承担悬念的责任。反面人物的序幕已经利用悬念和迫在眉睫的危险吸引了读者，你让主人公在登台亮相的那个场景中想做什么都行，可以在家庭农场喂鸡，或者寻找一个也能说波彻语的机器人（《星球大战》）。

无论你要在小说的开头几页还是稍后的地方介绍反面人物，这样写都能突出她实力强大的特点，以便后面她向主人公挑起冲突的时候，我们对她能有一个正确的理解。很大程度上说，正是反面人物让主人公再次陷入一塌糊涂的困境。

制造悬念

在成功地吸引读者之后，二号任务就是制造悬念了。当读者被你的主人公和你的故事世界吸引住，在大家的兴趣淡化之前，你可以凭借惯性滑翔一段（你并不是故意这样做的）。但是不久之后，你又需要让读者感受震撼。假如读者在开场之后很快就厌倦了，他就不会把你的整部小说读完。

对于不同的小说家来说，悬念有着不同的功能。假如你写的是悬疑类或者惊悚类作品，那你最好从第 1 页开始就写几个过山车一般的刺激场景。但是假如你写的是爱情小说，悬念则要围绕着下面两个结果进行：（1）男女主人公是否最终走到一起；（2）他们是否会在想念对方以及悔恨中度过余生。这些悬念围绕着将来的"会"与"不会"出现变化。悬念也可能是主人公将来能否实现梦想。

问题是，你的小说最好要有某种悬念。前面我们谈到过下面这个故事的问题：主人公将来能否实现自己的目标。这句话用在这里也是恰当的。我们姑且把它叫做读者的问题。读者一定会问："这本小说结局将会如何？"接下来读者大概又要问："我非要找到答案不可，在找到答案之前我不能去睡觉！"

有时候，仅凭主人公吸引读者就足以制造出悬念来。我们想看到他是否实现了自己的目的。当你引入反面人物的时候，因为反面人物对于主人公而言是势均力敌的对立面，这会让悬念又一次激增。只需要让一个人站在那里准备以某种方式伤害主人公，便能非常神奇地提高我们的焦虑。而这种非常神奇的焦虑可能是悬念的一个非常好的定义。它让我们不堪忍受，但我们仍然喜欢它。

让我们来看看还有别的什么工具可以在前50页内提升小说的悬念。

利害赌注与"否则"因素

假如我对你说，我要给你100万美元，你可能会高兴得不得了。假如我告诉你，我会给你100万美元，前提是你明天中午之前要抵达克利珀顿岛（一个位于阿卡普尔科西南800英里的小环礁），你可能就会有不一样的感觉了。

这个不一样的感觉——迫切希望找出答案时受挫后的一种沮丧，以及一种可能带来巨大回报的可能性——正是你想让读者在阅读你的小说时怀有的感觉。

在你的小说中，制造利害关系方面的赌注（从而产生悬念）有一个非常简单的公式：给读者展示一下她预期的东西，然后再打消这个预期。

向读者展示一个渴望与儿子好的男人。展示一下他的儿子也想回来跟父亲团聚。然后你再派人把这个男孩绑架并拐卖到另一个国家。那个男人如何才能找回自己的儿子？给我展示一下吧！

你给大家展示，一个女人迫于形势必须嫁给一个坏男人。然后再展示一个她真正爱的好男人，而他也爱她。然后你给这个女人施加巨大的压力，迫使她无论如何也得嫁给第一个男人。不！这怎么行！她必须跟那个好男人在一起才行。

要在我们的内心建立起对于那些一心渴望消灭专政的自由斗士的爱戴之心。然后给我们展示邪恶帝国带着它们的死亡之星，准备摧毁叛逆者内心隐藏的要塞。

你知道它如何发展。你让我们关心某个东西，然后再把那个东西置于危险之中。正如上面例子表明的那样，受到威胁的未必是主人公的生命和肢体。我们梦想让主人公实现自己的梦想，但是不能实现的威胁已经到了足够可怕的程度。

你小说中的赌注是什么？主人公渴望得到什么？你如何能让大家以为他无法实现自己的愿望？更重要的是，读者渴望得到哪些宝贵的东西？你怎样才能对它产生威胁？

在电影《天崩地裂》中，赌注是我们的主人公以及他爱上的女人以及孩子可能无法在火山喷发前逃脱险境，从而命丧黄泉……而多年前的一次火山喷发曾吞噬了主人公未婚妻的生命。

在电影《词曲传情》中，赌注是主人公会一人独享荣耀，而不是跟自己的合作者分享，从而失去合作者对自己的爱，还有他们共同建立起的关系。

在电影《火线狙击》中，赌注是主人公，一个特勤局特工，可能无法及时解开谜题，挫败暗杀总统的阴谋，正如多年前他没能拯救肯尼迪总统一样。

另外一种谈论赌注的方式是使用"否则后果不堪设想"这一工具。主人公要实现她的目标……否则后果不堪设想。否则后果会怎么样？假如她没有实现目标，会发生什么坏事？假如主人公及其队员不能想出办法让撞来的小行星偏转方向，那么"否则的后果"就是地球将被毁灭。假如我们联邦调查局的卧底特工在选美活动中没有及时查出凶手是谁，"否则的后果"就是还会有人被残忍地杀害。假如公共汽车不能把速度降低到每小时50英里以下，否则这颗炸弹就会爆炸。

在小说前50页中，你要构建好你的赌注，你的"否则后果不堪设想"的因素。这并不意味着我们在50页篇幅内就能知道所有的一切。当我们读到第51页的时候，可能还不知道到底会发生什么不堪设想的坏事，但是我们会对故事里的某个东西或者某个人越来越关心，这是上述公式的前一半：向读者展示主人公想要实现什么目的，然后让这个愿望无法实现。

如果你能在开篇数页把赌注展示出来，就要想方设法把它构思好。这样可以给我们更多的时间向这合意的焦虑中滴入油脂，给它火上浇油。在我们探讨定时炸弹的时候，还将详细讨论这个问题。现在只要得出结论说，能在越多的页面内让读者知道其中的利害，他们就会对你越爱恨交加。

可能不会到很后面的地方，这种威胁读者期望的东西就会显示出具体形态。他们可能已经知其然而且知其所以然，但是具体会怎样还必须等一等才能知道。我们知道这个帝国想要消灭叛军联盟，但直到第二幕结尾之前，我们还不知道他们将要采取什么手段去实现目的。这是理所应当的。但是你不能等到这么晚才让我们与自己的预期建立联系，或者为打破这个预期做铺垫。这些任务必须在前50页内完成。

定时炸弹

从小说家的角度看，任何形式的倒计时装置都有一个好处，即随着时钟的第一次滴答声响起，每一声都能增加悬念。宿命正在加速走向终点，一个负面的终点，假如主人公不加快步伐，那么我们耽误的每一刻都将牺牲我们为避免这个末日而损失的时间。

你的团队已经落后了，定时器只剩下25秒钟。救命啊！他们能不能创造一个奇迹？在5小时之后，一班渡轮就要离港，假如她不能让他坐上这班渡轮和她一起走，他们未来在一起的希望将不复存在。

假如他不能找到治疗的办法，他的宝宝的生命就只剩下半年时间。汽车比赛明天就要进行，而他们的汽车还只是车库里没有组装起来的零件。

在小说中，最后期限是个好东西。一个滴答作响的定时炸弹是一个截止时刻，此后再没有什么办法可以免灾。在那个时间到来之前你要完成自己的任务，否则你就失败了。

在《花木兰》中，从一开始定时炸弹就已经设定了：敌军快要到来，他们打算摧毁汉朝。敌军已经越过长城（这是唯一的一道重要防线），袭击村民简朴的村庄。在《战争游戏》中，我们很早就看到，超级计算机将要赢得一场模拟游戏，它使用的是名副其实的全球热核武器，只剩下短短 24 小时了。《世界末日》或许就是最好的例子，电影的前面告诉我们，有一个小行星处在即将撞击地球的轨道上。我们的主人公必须用某种方法使它偏离轨道或者将它摧毁，否则等来的就是人类的末日。

想想你的小说。你能不能也埋下一个定时炸弹，然后启动倒计时程序？它可能是你在序幕或者前 50 页的某个地方设置的某件大事，也可能是一些直到接近尾声时才得以接续的东西。《国家宝藏 2》属于后一类。定时炸弹是这个黄金房子将要灌满水并把所有人都淹死，除非我们的主人公可以用某种方法及时逃出来。水位在上升，时间所剩不多。随着每一秒的流逝，水位就上升一英寸。不久之后，人们就没有机会逃生了。

在小说中，你怎样才能或多或少地用上这个动力机制？我想不出更好的办法来增加小说的张力了。这个办法很棒，因为即使在作家淡忘了悬念的时候，读者仍能感觉到它的存在。读者无时无刻不在忐忑地等待着它不可回避的到来。它总是位于后台，不断地强化着那种很好的悬念。

值得一提的是，主人公不一定明知厄运即将到来。主要人物可能完全无视这一加速到来的危险。只要让读者知道其中的危险就够了。有时候，这种信息优势更让人难以忍受。也许这就是为什么人们喜欢朝着幕布上恐怖电影中的人物大喊"不要去那里！"。即便剧中人并不知情，我们却知道即将发生什么事情。

当你考虑如何制造悬念的时候，有没有想过序幕也可以起到这一效果？并非每一部小说的开篇都要使用序幕，并非每个开篇都要介绍反面人物、利害赌注以及滴答作响的定时炸弹。但是对于许多小说来说，这种开篇方法能取得更好的效果。或许其中就包括你的小说。

你的故事也许压根儿就不需要一个定时炸弹。抛开它，你或许一样能做得很好。但是假如你的二号任务是让读者一直沉浸于悬念之中，那你何不使用一个能够自然而然地增加张力的方法，帮你完成这项任务？好好想一想吧。

短小的段落

增加悬念还有一个秘诀。这个秘诀可说得来全不费工夫。无论是在小说的前 50 页还是其他地方，当你需要巧妙地提升读者的紧张感的时候，都可以使用更加短小的段落。

在写小说的时候，我很喜欢使用短段落，因为长长的段落很累眼睛，而且像是在对读者说，"这本书很无聊，不要读了！"（事实上，我不建议作者在小说中使用超过七行的段落）。但是，当我想吊起大家的紧张情绪时，会用更短的段落。

短小的段落读起来更快，这样眼睛就能更迅速地读完一页。这个小技巧一声不响地利用了人们的生理规律，短小精悍的文字确实能够使读者心率加快。读者的眼睛能够很快地读完一页的内容，手指翻页的速度也很快。节奏的加快是很微妙的，这样一来，读者为了看到剧情的展开，就得屏住呼吸向前冲刺。这就像电影界所谓的镜头快速切换。

试试吧。较长的段落可以用于模拟缓慢的节拍。然后，当你准备加快节奏的时候，请把段落篇幅压缩下来。

为什么主人公需要拦路虎

你的目标是把主人公丢进又一堆乱麻之中。一个反面人物横刀立马地站在主人公面前，挡住她实现愿望的道路。反面人物是强大的。迄今为止还没有人打败过他，所有挑战过他的人都是有去无回。更糟糕的是，如果主人公不能通过反面人物这一关，她的意中人就会坐上火车，永远离开，她会埋怨自己对他不够关心、没有想方设法把他留下来。而且更糟糕的是，再过12分钟那列火车就要开走了。

我们知道主人公是可爱的、能干的，但她能克服这个困难吗？当然不能。但她必须成功。于是，她健步如飞地跑了起来，就像堂吉诃德大战风车一样。

而我们则紧随其后，为她加油助威。

假如主人公没有遇到拦路虎，而且假如他无法克服这个拦路虎也没有什么严重的后果，那读者肯定是不会关心这个主人公的。强大的反派、高额的赌注以及残酷无情的倒计时能够制造极度的紧张感，使得读者被主人公强烈地吸引住。

大体上讲，这个任务可以而且应该在前50页内完成。

11

独幕剧

> 开始之前，认真准备。
>
> ——西塞罗

在筹划某种东西的结构时，你需要精细地盘算。你可能急于奠定基石，忙于具体施工，但是面对庞大的项目，事先多作思量还是值得的。

写一部小说可谓大项目。在灵感闪现的时刻马上坐下来执笔疾书当然很有优势，可是在大多数情况下，完全凭直觉写出来的小说到头来只是枝蔓横生的大杂烩，作者思路不通，读者不堪卒读。解决之道不是在缪斯感动你的时候停下你的笔，而是要把灵感导入事先绘制好的路线图中去。

在本章中，三幕剧结构是我们的着眼点。当然你也不必惊慌。我无意压抑你瞬间爆发的创作激情。对于结构的讨论也不会导致小说的公式化。三幕剧结构只是一个简单的保障方式，它能确保你的小说让读者满意，同时实现小说创作的初衷。

前 50 页是你打基础的地方，你要为小说的其余部分奠定基础。第一幕可能延续到小说的前 50 页之后，或许在写完第 50 页之前你已经写到第二幕了。无论如何，如果不探讨第一幕需要写什么内容，那么探讨小说开篇数页的专著都是不完整的。

研究三幕剧结构为哪般

三幕剧结构是虚构小说的组织方式。"幕"这一术语说明它起源于戏剧领域。准确地说，这个术语可以追溯到古希腊剧场。这是讲故事的一种框架，它能确保你拥有完整的叙事结构所需的一切构成要素。

研究三幕剧结构可以让所有的小说家从中受益。我们当中那些擅长情节的小说家会觉得自己在这个方面不需要任何帮助。我的意见是，你这样凭直觉做的事情可能是你没有深思过的，对此稍作思考或许能为你的天分插上技能的翅膀，从而全面提升最后的整体效果。

对于那些擅长人物的小说家来说，认真研究三幕剧结构也能让他们受益良多。我们已经看到，擅长塑造人物的小说家塑造的人物是非常逼真的，但他们有时不知如何构思令人满意的情节。如果我读到一个20万字的小说稿，而作者是一个擅长塑造人物的小说家，那么我马上就有一种预感：到了结局的时候作者根本不知道小说该收尾，更不知道沿途有哪些停车点。

如果你觉得自己的故事常有逡巡不进的情况，或者你感觉自己在创作坚实的情节时依违不定，或者如果你的"帮手们"想帮你找到故事或者抱怨这本小说好像没有出路，那对于你来说本章是意义重大的。

三幕剧结构概观

你可能听别人说过，三幕剧结构就是指"开头、中间和结尾"。这种说法只是一个粗略的近似，我们姑且不谈这种说法的因循守旧，它不仅失于精准，而且容易引起误会。假如必须用三个词来形容三幕剧结构，我会用的词是"介绍、核心和升华"。

我想打乱顺序来解释一下三幕剧结构，所以你要做好费神劳力的准备。我首先要说的是第二幕。这样做的原因是，一旦你理解了第二幕，第一幕和第三幕就很容易掌握了。

第二幕是小说的心脏和灵魂。这也正是你写小说的动机所在，你想做的大事正是在这个时段进行的。

电影《兵临城下》讲述的是"二战"时期斯大林格勒战役中两个神枪手之间的一次精彩对决。瓦西里·扎伊采夫（裘德·洛饰演的苏联狙击手）和康尼上校（埃德·哈里斯饰演的德国狙击手）两个人机动换位、精心策划，他们都想在谋略上胜对手一筹。在这段时间里，我们看到了人际关系的发展，对于人物有了更多的了解，还看到了交战双方军队的基本条件。但是，这两个人之间性命攸关的心灵与心灵之间的象棋比赛才是这部优秀影片的核心内容。从某种意义上说，瓦西里和康尼之间的斗争不仅是斯大林格勒保卫战的象征，也是苏联和德国之间整场战争的象征。

但是大家想一想，假如制片人以这场对决作为影片的开场会有什么后果？假如制片人开始的时候直接展示这部一小时多的电影中间部分，观众就会感觉既困惑又平淡。噢，有人企图歼灭对手。观众打了个哈欠。

第二幕是心脏，但你所需要的并非仅此而已。你还需要放水，以便观众理解舞台上的人物，并且关心那些人所做的事情。因此，你必须在第一幕做好铺垫，然后才能开始第二幕。

虽说这场决斗很精彩，但是它不可能一直持续下去。到了某个时刻，它必须有个了结。两人之中必有一人获胜，而且很可能两人之中至少有一人要死。第二幕当然非常有趣，但同时你需要的并非仅此而已。你在第三幕要延续故事的核心，并给它一个圆满的结局。

《机器人总动员》的核心是瓦力想努力赢得伊芙的爱情。当然，在这段时间里也发生了很多事情，每个人都想阻止或者帮助飞船返回地球。但就我们这个小机器人主人公而言，他唯一想做的就是保护并且接近自己心仪的情人。这就是这部电影有趣的中间部分。假如你同意，这也是故事的核心所在。

但是我想你已经明白，他们不可能一开始就让瓦力登上"公理号"，动机不明地追赶随便另一个机器人。那样我们就会摸不着头脑。在这个有趣的部分开始之前，我们必须打下基础。这就是第一幕要完成的任务。

第三幕要展示他追求伊芙的爱情以及拯救人类的最后结果。在游乐场里骑旋转木马可能是真正快乐的事情，但是到头来旋转木马还是要停下来。

旋转木马的比喻能帮你很好地了解三幕剧结构。你的真实企图是骑着木马跑上一圈又一圈。但你的一天是从公园入口处开始的，而不是从旋转木马这里开始。你还有很长的路要走，有很多事要做，比如买票，然后才能骑木马，这是你此行的目的所在。然后，无论你乘坐多少次木马，最终你一定要下来，然后走出公园回到汽车上。

骑旋转木马是第二幕，即故事的心脏部分。第一幕则是抵达那儿，第三幕是回家。

关于第三幕的澄清：它不只是"剧终"。它不只是享受乘坐木马的乐趣之后下马。这是旋转木马这个隐喻停下来的时候。第三幕既包括了故事的高潮，也包括了结局。第三幕需要一切事情都濒临绝境，然后让主人公纵身跳下悬崖。第三幕的这次纵身一跃是小说剧情的高潮。在这个高潮时刻之后，你就需要打住了。这就是结局。因此，第三幕就是纵身一跃，如果你愿意的话，再加上着陆。

三幕剧结构的用法

想想你自己的小说吧。你为什么要写这个小说？当你想起这个故事的时候，能品味出哪些有趣的精华部分？也许有趣的只是故事的整体构思，或许它属于你钟爱的小说类型。也许你写这部小说只是为了贪图写作的快感。但是当你写出几部这样的小说之后，你开始渴望每本小说都有某种特别的东西，否则写了一本之后就没必要再写下去了。这个时候，你通常都想阐明或者展示一种思想或者感觉的某一内核。

我的第六部小说《火把行动》讲述的是，美国秘密特勤队想找到一个家庭，这家人渴望逃到中国或者其他地区。这个故事构思的"有趣"之处在于，特勤队想要帮助这个家庭克服困难，获得自由。这就是我写这本小说的原因。但是我不能一开始就让这个团队去想办法把家人救出来。我需要做很多铺垫才能让博弈进行下去。然后当小说接近尾声的时候，无论是好是坏，我都必须结束他们的行动。这里既有铺垫（第一幕）还有最后的结局（第三幕），但是他们在斗争中的探险活动（第二幕）才是我最想写的内容。

在你的小说中这样的内容在哪？

当你找到了核心想法之后，要想一想在第1页你是否可以大张旗鼓地展现这个想法。很可能你需要先构建一些铺垫的东西。你需要介绍一些人物，展现一些情境，由此读者就能做好准备，可以理解你的核心思想。这就是你要在第一幕中写的东西。

接下来，你还要预判一下如何给核心构思划上一个完美的句号。你怎样把所有一切都归结到一处？随着定时炸弹滴答作响，反面人物即将做某个事情，而主人公的梦想将随之崩溃，你怎样才能在一个大结局中把一切都组装起来？你需要毅然决然地把所有事情都收好尾，这就是你的第三幕。

在动笔之前，你不必把一切都固定下来。但是要知道在这条路上你努力的方向，这是一个决定性因素，它决定了你写出来的故事的丰满程度。

三幕剧结构和内心旅程

本章说的一些话可能是你听过的。我谈到过主人公的内心历程，其中一些观点在这里也是适合的。比如你不能从人物的内心旅程的中途开始写一本小说。你首先要做一些铺垫，否则我们无法理解她身上发生的事情。这听起来就像我刚才说的第一幕必须做好铺垫才能让第二幕发生。

事实上，三幕剧结构和主要人物的发展弧线之间存在重叠的部分。两者是相互依赖并且能够交相辉映的。（这是《情节与人物》一书的核心命题。）

第一幕的任务类似于我在第8章对内心旅程第一阶段的探讨：主人公的纠结、初始条件以及触发事件。内心旅程的升级大致类似于第二幕。主人公发现真相的关键时刻以及最终结局刚好就是第三幕的高潮及落幕部分。

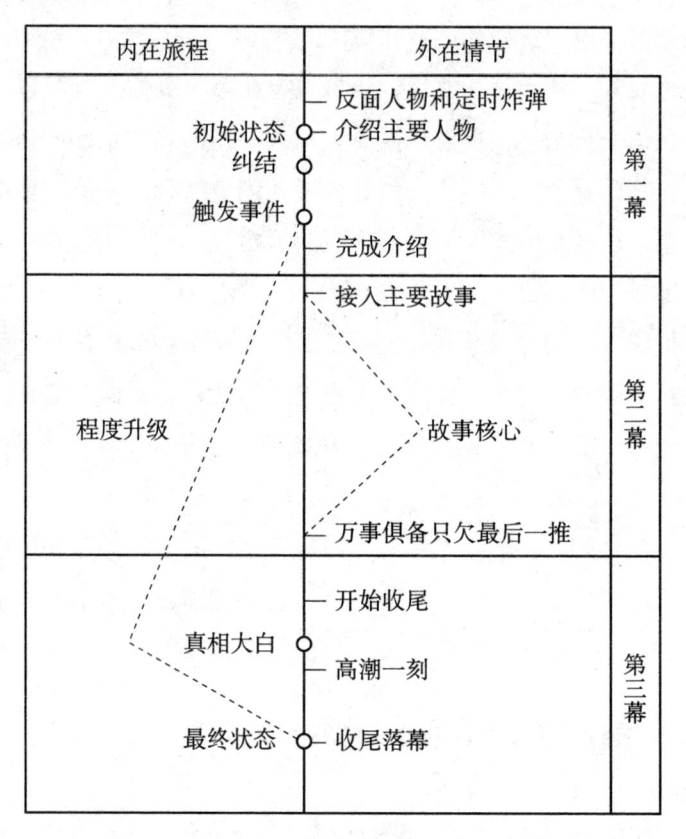

内在旅程	外在情节	
初始状态 纠结 触发事件	― 反面人物和定时炸弹 ― 介绍主要人物 ― 完成介绍	第一幕
程度升级	― 接入主要故事 ― 故事核心 ― 万事俱备只欠最后一推	第二幕
真相大白 最终状态	― 开始收尾 ― 高潮一刻 ― 收尾落幕	第三幕

主人公内心旅程的核心在于中间发生了什么，就是我称之为"小

说的心脏"（第二幕）的部分，这并非巧合。

不要让这个说法迷惑你。它能让你更清楚地理解一个好小说需要具备的任务和结构。

第一幕

小说第一幕的长度并非一成不变。不要执著地以为第一幕必须占小说的三分之一。第一幕的篇幅可长可短，视需要而定。我看到过长 35 页的第一幕，效果很好。同时，我也见过长 175 页的第一幕，效果也不错。无论何时，当第一幕的任务完成时（我们一会儿就要谈到这一点），第一幕就写完了，然后你可以继续写下去。

但是可以肯定地说，你的前 50 页是与第一幕发生的事情有关的。因此，即便你完成第一幕需要 50 页以上或者以下，我接下来还是要完整地谈一谈在你的交响乐第一乐章需要做些什么。

第一幕需要发生什么事情？我们已经明确指出，在第二幕开始之前你必须完成一些任务。因此可以这样说：第一幕必须尽其所能地让整部小说中有趣而且关键的内容发生。

这确实是最好的答案。我会非常具体地谈谈第一幕必须包括哪些要素，但每一本小说都是不同的，你自己的小说可能不会跟我说的完全相符。所以，当你有疑问的时候，要回到那个更强大的定义：第一幕必须尽其所能地让整部小说中有趣而且关键的内容发生。这样你就会心安理得。

有了上述前提，让我们来看看第一幕的要素。一个完整的第一幕必须：

（1）介绍你的主要人物；

（2）介绍小说中的主要挑战或者危险；

（3）让主人公充分参与到故事的主要挑战中去。

接下来我们逐一谈论这些要素。

介绍主要人物

在本章开头,我说过我不会把第一幕当做开头,相反我把它称作介绍部分。对于第一幕以及前50页来说,一个至关重要的任务是把主要人物搬到舞台上来,把他们介绍给你的读者。我们已经说过如何把你的主人公第一次搬到舞台上。我们说到如何创作一个小故事来揭示她的本质。我们也说到如何展现她的内心纠结影响了她的初始状态。另外,我们也谈到了如何把反面人物第一次搬到舞台上。

现在我们应该把全部演员都配齐了。还有哪个主要演员没有得到介绍?在这个小说中,主人公有没有一个追求的爱情目标?最好把他也带到舞台上。要不要有一个或多个好朋友?需不需要父母、老板或者团队成员出场?任何一个对于故事来说有意义的人物都要在第一幕有一些介绍。

这是不是说在第二幕或者第三幕中你就不能引入新的角色了?绝对不是。假如你愿意,在你写到最后一页之前,随时都可以把新的角色搬到舞台上来。但是你对于剧情主要推动者的介绍必须在故事的前面进行。

原因如下:读者决不会同意让某个我们刚刚认识的人来决定甚至显著影响到小说的高潮部分。假如《卡萨布兰卡》的高潮时刻不是由里克、伊尔莎或者拉兹洛决定的,而是由维修空调的工人弗洛伊德所决定的,而这个人物来到舞台上只是为了救场,那会怎么样?肯定不行!假如《大白鲨》的高潮不是由布罗迪、昆特或者胡珀决定的,而是由一个手持鱼叉的救生员决定的,那会怎么样?这样的情况怎么可能发生?

假如有个人物在接下来的故事里很重要,那我们最好在前面的故事里见过她才好。我们要在第一幕看到过她。这意味着她很可能出现在前50页内。

要想弄明白自己是否已经完成了第一幕,有一个判断标准:当你看到自己把主要人物都介绍完成的时候，第一幕就结束了。

从这个角度出发，《黑客帝国》的第一幕是什么时候完成的？至少要等我们遇到尼奥、崔妮蒂、墨菲斯和特工史密斯之后。我们还要遇到其他重要人物，包括塞弗、奥雷克尔以及尼布甲尼撒号飞船上的全体乘员。当我们看到所有这些人物先后登场，并且粗略知道他们是什么样的人，他们是如何带入情节设计中的，可能我们的兴趣就来了：崛起的尼奥具备了与机器一拼高下的实力（这是第二幕的内容）。

假如在第二幕或者第三幕，我们依然没有遇到塞弗，情况会是什么样呢？他是骗子或者犹大这样的人物，他是推动整个情节前进的动力所在。这样一个举足轻重的人物是不能在舞台上需要他推动剧情的时候才随时补场。此前我们需要之前就见过他。这个原则是我会反复强调：在我们能够理解某个东西的影响之前，需要作者为我们做好铺垫。在小说中，你还要为主要人物做好准备。

在你的书中有哪些人物？现在请你考虑一分钟，把每一个关键人物的名字写出来，并且记下你如何介绍每个人物的一些想法。请记住，在小说的前面部分你就要做这些介绍。虽说不是在第1页就把全部人物都介绍出来，但可以肯定的是，很有可能是在前50页内进行介绍。

请注意，次要人物的介绍未必都需要篇幅较长的独立小故事。有些人物介绍可能都不会超过一个精彩的段落。我只是想让你有意识地记住，每个主要人物和需要专门介绍的次要人物都要提前呈现在读者眼前。

介绍主要的挑战或危险

第一幕还有一个主要功能，即让我们知道这个故事的大概内容是什么。

在我们可以估计到球队在球场上的胜算以及更衣室里的搏斗之前，作者必须向我们表明这个小说讲述的是一支不大可能打入世界杯的橄榄球队想要争取打入世界杯的故事（《成事在人》）。如若不然，由于球队的胜利没有上下文，它不会对读者产生影响。

第一幕是面向读者的，这能让他们摆正态度，接受你想在第二幕写的内容。

即使在那些你要让读者迷失方向的故事中，这个道理也是适用的。想一想《深空失忆》这部科幻电影。制片人希望观众像主人公一样陷入迷茫之中。他苏醒过来的时候，发现自己在一艘星际飞船上，但是一切都不在他的预期之中，而且他的记忆出了问题。飞船似乎也出了毛病……从那个不会打开的门外传来的奇怪的声音是什么？

随着电影的推进，我们的主人公断断续续地弄明白了这是怎么回事。我们也跟着他一起知道了。他认识到自己需要穿过飞船船体到反应堆那儿对堆芯进行重新设置，然后才推进到了电影的核心剧情。可以说这部分是非常惊险的，而原因不光是编剧使用的定时炸弹手法。这就是第二幕。即便我们并不知道蒸发掉的是什么东西，我们还是知道了很多让我们了解剧情发展方向的信息。因此，当故事的中间部分开始的时候，我们已经知道正在发生的事件以及事件的起因。

这是你在第一幕的第二个任务：给我们一个参照系，让我们理解第二幕将要发生的事情。

在你的小说中，主要挑战或者危险是什么？主人公要做的大事是什么？把这个事情写在你的笔记中。

天行者卢克要做的主要事情是设法把死星被盗的原理图交给莱娅公主，以便反叛联盟找到一种可以摧毁它的办法。

在《夺宝奇兵1》中，印第安·琼斯的主要任务是设法找到约柜并且把它保护好。

佛罗多的首要任务是试图摆脱指环的魔咒，从而让自己和亲人可以免受邪恶势力的威胁。

故事的主要挑战构成了情节的内容。主人公正在经历个人挑战，这些将使她在内心旅程上迎来真相大白的关键时刻。与此同时，她还要应付外部的故事因素，以及敌我双方的各色人物。在第一幕中，这个主要的外在挑战必须收紧拳头并且逐渐发力。

掌握好故事的主要问题有助于你为前50页必须发生的事件绘制出路线图来。一旦你知道了主人公在第二幕将要面临的主要挑战，你就可以退后一步，思考你需要做哪些准备工作以及它们的顺序。

我的第三本小说（《致命缺陷》）讲述的是有一个人想端掉一个恐怖组织，这个恐怖组织想运用高科技手段占领一个岛屿上的研究机构，以便获得大规模杀伤性生物武器。有趣的故事全都发生在太平洋的一个小环礁上。

当我明白了自己的主要挑战之后，我认识到自己需要做一些准备工作。我由此后退一步，弄明白在主要的行动发生之前，自己必须把哪些事情落实到位。第一，主人公一开始并没有在这个岛上，所以我得想办法让他到那个岛屿上去。第二，我知道自己要想办法让他意识到危险的存在，于是我必须想办法让主人公获得这些信息。还有，那些恐怖分子必须占领该岛。我必须弄清楚他们的目标所在。

掌握了主要的问题，就能自动为第一幕构建出一个铺垫内容列表。不要感觉这是一种扼杀创作过程的因素。这些元素的呈现形式以及数量可以是任意的。你只要把它们当做有益的线索，就可以确保你做到万事俱备，从而让故事有意义。

小说的主要危险或者挑战将以何种形式切入你的故事情节？在小说前面的某个地方，人物（以及读者）需要知道大坝面临着崩溃的危险。在前50页的某个地方，你需要让主人公发现有人在外面杀人，他必须出面阻止。透露了这个信息之后，第一幕的又一个主要组成部分就到位了。

从这个角度看，《夺宝奇兵1》的第一幕是在什么时候结束的？方舟可能被人发现，而纳粹可能把它搞到手，当印第安·琼斯知道这些的时候，第一幕就结束了。因为这正是影片的主要行动。

在电影《词曲传情》的第一幕结束的时候，亚历克斯得到了重振音乐生涯的一个机会，前提是他能写出一首被著名歌星科拉·科尔曼认可的歌曲。

《阿凡达》的第一幕结束于什么时候？当杰克遇到奈提莉之后，当他对这种文化的价值和自己军旅生涯正义性的判断范式发生了转变的时候。

当你写好了故事的主要挑战时，你已经完成了优秀的第一幕的第二项任务。

切入

我们在研究主人公的内心历程的时候，曾谈到过触发事件，即那种侵入主人公的"不健康"却"正常"的东西，这种东西把他送上弯路，最终这条路将让他抵达真相大白的关键时刻。在三幕剧结构中也有类似的东西。我把它称为切入。这是指故事的主要危险或者挑战最后闯进了主人公的世界。

触发事件和入侵事件是密切相关的，但并不是一回事。在有些情况下两者同时发生，甚至是同一事件的组成部分，但它们的目的各有不同，所以我认为它们值得分开来说。

在《卡萨布兰卡》中，当故事的首要问题侵入里克的生活时，伊尔莎走进里克的咖啡馆。这触发了一系列事件，在主人公的外部处境引起了激烈的巨变。请注意，这同时也是其内心旅程的触发事件。

但是，触发事件和切入的入侵事件并非总是同一件事。在我的第四本小说《火把行动》的开头，主人公杰森是一个海豹突击队队员。由于执行一项任务时出了错，他最好的朋友受了重伤。杰森离开海军，开始因为这件事情惩罚自己。当故事中的主要挑战侵入的时候，他被招募去领导一个由私人资助的便衣行动队，由此拉开了这本小说主要情节的行动。

但是直到后来，当杰森带着这个新的团队出去执行任务的时候，杰森内心旅程的触发事件才发生。他遇到了一个人，这个人给了他活下来、重新关心世界的理由。现在，他的内心挣扎于自己的愧疚，同时也在外部世界里、在战区里拼命挣扎。

触发事件和入侵事件具有不同的功能。假如两者同时发生，自然是好的，但有时两者未必同时发生。你只要保证给予两者认真的思考就行了。

主人公接受挑战

一个完整的第一幕的最后一个组成部分就是要让主人公充分参与到故事的主要难题中去。

介绍主要人物并向读者讲述故事的梗概是至关重要的，但在主人公决心就此有所作为之前，一切都还只是嘴上说说。

多萝西可能抵达奥兹，从而遇到故事中的主要人物，并且得知假如自己想要回家，就需要见到精灵，但在她下决心沿着黄砖路走下去之前，这其实并没有什么实际意义。

在主人公下定决心迈出步子、奋力一搏、起身应战之前，故事并没有真正开始。

米洛·萨奇想发现古城亚特兰蒂斯。他已经有了相关工具，又遇到了能让这事成为可能的人，但直到他坐上潜水器之前，一切只是他脑子里的实验罢了。

威廉·华莱士讨厌英国人的东西，喜爱家乡苏格兰（电影《勇敢的心》）。他看到了危险，而且身边全是全副武装的伙伴。但在他决定主动反击侵略者之前，故事还没有真正开始。

很多时候，决定接受这个故事的挑战的人是主人公自己。约翰·米勒上尉（汤姆·汉克斯在《拯救大兵瑞恩》中饰演的人物）受命找到大兵瑞恩并把他安全带回家。《三个朋友》在沙地上画了一条线，并跳过了这条线，说明他们愿意努力收拾他们以前留下的烂摊子。米洛·萨奇坐到了潜水艇上。

但有时吸引主人公的是故事，而不是故事吸引了主人公。假如英国人没有杀害威廉·华莱士的新娘，他可能会在英国人的统治下度过很长的岁月。但是，这件事情使他出离愤怒。佛罗多从来没有主动要求成为主人公，但故事却另有打算。故事不能让他舒服地活着。天行者卢克说，他想与帝国打仗，但是当机会来到的时候，他却犹豫了。只好让"命运"过来，杀了他的家人，这样才能推动他付诸行动。

无论如何，主人公要参与到故事的主要挑战中来。要么自己举手要求当志愿者，要么在不自觉的情况下主动请缨。无论怎样，她都要卷入行动之中，有趣的事情就可以开始了。

第一幕的这一项内容代表了第一幕与第二幕之间的过渡时点。当主要行动全面启动的时候，其余两个部分（人物介绍以及主要挑战的构建）最好已经完成，因为现在游戏已经开始了。

从这个角度来看，《冰河时代》的第一幕是在什么地方结束的？当曼尼决定亲自出马保护人类的婴儿，并把他送回自己的部落时，第一幕就结束了。

《花木兰》的第一幕结束于何处？当花木兰剪掉自己的长发女扮男妆，偷偷策马去替父从军的时候，第一幕就结束了。她全面参与到故事的主要行动中了。

《外星人》的第一幕结束于何处？当大多数战士被外星人杀害以后，战士们返回旗舰的道路也被摧毁了。现在他们被迫待在这个星球上，被迫与外星人展开殊死搏斗。主要的故事把人物吸引住了。

在你的小说中，这个转折点是什么？你熟悉自己的主要人物，了解这本小说的主要任务，但在什么时候主人公才能真正深度卷入其中？

乱炖

你的前 50 页充满了好东西，不是吗？也许这超出了你的预期。

我似乎有无穷无尽的事情要讲，而这些都必须写进前 50 页范围内——或者别的地方。

好了，不要太突出这一点。不要把这些看做是永恒不变的定律或者生死抉择的要素，不要以为你的小说没有这些就会完蛋。我的一个朋友说过：它们是工具，而不是金科玉律。你要更多地把它们当做建议或者最好的做法，它们可以赋予你一些构思，让你的前 50 页尽可能强大，让你的小说开篇实现所有的目标。

让我们把第一幕的三个组成部分组合在一起。脑子里想着自己的故事，然后考虑下面这些问题：

谁是小说的主要人物？谁是那些影响故事发展的"主力"？你要怎样介绍每个人物？在我们与他们相遇、相识之前，你的第一幕就还没有完成。当我们了解了他们之后，他们就可以自由自在地跳舞了。

你的小说的主要挑战是什么？发生的什么事情打乱了主人公的生活？在整个故事进程中，是什么耗尽了她的一切能量？在我们看到主要问题之前，第一幕就没有结束。当我们知道了主要问题，我们就准备好解决这个问题了。

主人公将如何全面卷入这个主要挑战？要么你的主人公离开家乡到末日裂缝去创造一个新世界，要么随着情节的展开，故事无情地把他推向一场致命的对决。直到主人公跳进（或者被丢进）主要故事的沸腾大缸之前，你的第一幕还是不完整的，实际上第二幕还不能开始。

《星空奇遇记》（2009）在什么时候完成了这三个组成部分？在前几个场景中，我们遇到过詹姆斯·柯克船长、"识骨寻踪"、斯波克，还有其他一些将成为标志性人物的桥梁小组的人们。我们已经看到罗慕伦船接受了毁灭的使命，成为故事的主要挑战。影片的核心部分是第二幕，讲述的是人们争分夺秒地把地球从毁灭中拯救出来。因此，在这件事情发生之前，必须让某些东西做好准备。最后，当企业号偏离轨道以便应对火神号上的紧急情况,而柯克飞快跑到桥上,警告即将发生的危险的时候,第一幕已经结束,第二幕可以开始了。每个人物都各就各位,我们知道危险是什么,而且主要的行动已经全面启动了。

在《小美人鱼》中,第一幕结束于何时?肯定是在所有的主要人物都被介绍完毕之后,因此我们必然已经遇到了阿里尔、佛朗德、海卫王、埃里克、斯卡图尔、塞巴斯蒂安,当然还有厄休拉这个海上巫婆。另外,这时主要的挑战必然已经出现了。在这种情况下,主要的挑战是阿里尔渴望追求与埃里克的浪漫爱情。埃里克是一个普通人,小美人鱼的父亲(即鱼人王)不允许两人发生恋情。最后,当主人公准备接受主要挑战的时候,第一幕就可以结束了。在这部影片中,当阿里尔走向厄休拉并且同意做出一个可怕的妥协,以便获得人类的双腿的时候,主人公就接受了主要挑战。当她这样做的时候,当她被冲到了岸上并且遇到了埃里克的时候,第一幕已经结束了,真正有趣的剧情可以开始了。

你的故事将要包括哪些内容?

在考虑这个大项目的时候,你要勾勒出那些构成一个良好的三幕剧结构的粗线条。然后还要仔细审视一下第一幕需要把什么东西写进来。

你可以把这个过程当做一次有趣的练习。你把这一切好的食材放入炖锅的时候,可以确定最后将会获得美味。这时你只要问下面这些问题:我要怎样介绍主人公的挚友?有什么好办法先暗示即将发生的可怕情况?把可能的答案都记下来。在这本小说结束时,你会先把它放在火上慢炖。在舀出来上菜之前,先乱炖一会儿吧。

12

第一页

"请问陛下，我应该从哪里开始？"他问。

"从开头开始，"国王严肃地回答，"然后一直走到尽头为止。然后再停下来"。

——刘易斯·卡罗尔

我特意等到这本书临近收尾的时候，再谈你的小说开头真正要使用哪些词语。这样做似乎有点颠三倒四。我的意思是，为什么开始时不从"请叫我以实玛利"这样的人物介绍谈起，然后再由此展开呢？

因为假如那样做的话，你写出的第一句话可能是惊天动地的，第一页也很了不起……可是接下来当你懂得小说应该如何开头的其他一切知识之后，你必须把这些精彩内容抛弃。与修补一个结构错误或者无法完成任务的开篇相比，构想出很棒的第一句和第一页容易得多。你最好先把大事做对，然后再回过头来，找到理想的开篇方式。

在这一章，我们将要探讨的问题是：如何写好开头第一句，如何把它扩大为很棒的第一页，然后如何由此扩展出接下来的49页。

你到底想如何开篇呢？

在开始构思开篇数句之前，请取出你的笔记本，把迄今为止从这本书中学到的东西综合记录一下。众所周知，小说的第一行只是冰山一角。它是某件大事首先露出的苗头，而此时大事本身还是无法探测到的。然而，它是那个仍然不可见的东西的一个组成部分。假如你能够马上完整地看到大量内容，你就会知道这个苗头是否合适以及它是不是其余部分的合乎逻辑的发展。

第一句是由小说的前 50 页的大结构中"生长"出来的。因此，在写第一句、第一页之前，你要搞清楚自己的小说的开头是序幕、中间部分或者其他什么地方。为了把这个场景规划好，你至少需要知道自己的开篇段落必须完成哪些任务。然后，当你坐下来写第一句话的时候，就得对这句话接下来引领的方向有所把握。

第一句话

从实际上说，小说开场的第一句话是对于读者的劝诱。只用寥寥数语就想把读者吸引住，以免读者掉头走开，去关心自己手头上的事情。你想让她聚精会神地读你的故事，至少在读完小说之前让读者把其他事情先抛在脑后。她以前听到过千百次这样的搭讪，如果你的开场白是蹩脚的，或许她就一去不回头了。因此，你必须把这句话写好。

"幸福的家庭都是相似的，不幸的家庭各有各的不幸。"——列夫·托尔斯泰，《安娜-卡列尼娜》。

"这是最好的时代，这是最坏的时代。"——狄更斯，《双城记》。

"如果你没有看过一本名叫《汤姆·索亚历险记》的书，那么你就不知道我，不过这没有多大关系。"——马克·吐温，《哈克贝利·费恩历险记》。

"下面这条真理是举世公认的，一个拥有巨资的单身汉必然想娶一位太太。"——简·奥斯汀，《傲慢与偏见》。

当然还包括下面的名句：

"请叫我以实玛利。"——赫尔曼·梅尔维尔，《白鲸》。

另外，我们不应忘记爱德华·乔治·布尔沃·利顿在1830出版的小说《保罗·克利福德》那句臭名昭著的第一行："那是一个漆黑的暴风雨之夜。"真的，不能忘记。如果你是第一个写这句话的作者，那就不能算是老生常谈。

我曾告诉你我在图书馆查阅图书的过程。我从新书书架上抽出几部小说，然后阅读每本小说的第一句话，希望找出一部第一句话就能抓住读者眼球的小说。大多数小说都没有达到这个标准。

如今，很多读者或者说绝大多数读者都不会设置这么高的测试门槛儿。在我们这个充斥着廉价电子书的时代，读者往往单看图书的售价就决定购买一个大部头，而只是等到以后……也许……才会真正读这本书。

但是，无论你的第一行是不是促使读者购买的部分原因，它终归是某种影响他们做出是否要读你的书的决策的东西。

小说的首句具有的超级影响力或许超过了小说中的任何一句话。在你的小说中，或许后面才是至关重要、甚至生死攸关的重要时刻，但是就小说的所有关键节点而言，第一句话才是最重要的。在小说作品剩下的剧情发展通道中，首句都能产出回响。它的功能在于为小说设定基调和期望。它是第一句把读者引向故事世界的话，就像一位导游那样，他在古老的纪念碑旁迎接你，然后带你四处游览。

第一行的优劣是由什么因素决定的？当然，这里并没有固定的公式，上面列举的几个经典首句也证明了这一点。不过，如果你遵守了一些写作指引，那么你就能写出很好的首句。

你的小说的开场白应该简单、耐看、适合小说的整体基调。

满足了这三个条件，你的小说的开头就会很好。没有人敢打保票说这样写出来的第一行能做到永垂不朽，究竟这一行能否成功地吸引读者也超出我们的控制范围。但我至少可以保证，这样的开头是坚实的，它能让你的小说拥有一个坚实的开端。

首句必须简单

令人毛骨悚然的尖叫声把温暖的夏夜撕成两半，对于那些没有听到尖叫声的人来说，这一半的夜晚是温和、安逸、怡人的；但是对于那些听到了尖叫声的人们来说，夜晚就不是温和、安逸、美好的，除了尖叫声传到你的耳朵之后、你的大脑作出反应让你意识到它之前的瞬间。

你可以故意写得糟糕，比如帕特里夏·普利苏蒂故意写得像上面那样糟糕——作者当时的目标是年度最烂写作奖，她确实赢得了1986年度布尔沃·利顿最烂写作大赛的"最烂小说首句"这一奖项。作者写出这样的开场白也未尝不可。烂到如此地步不是也很难得吗？但是，假如你写得不好并非有意为之，那么你就要运用更加简洁的写法。

为什么简洁的手法很重要呢？读者希望轻松地开始阅读一本新的小说。在心理上，他们希望迅速地抓到一个扶手，这让他们觉得自己可以踏上台阶，进而尽快取得进展。从作者的角度来讲，你想让他们尽量轻松而快捷地通过大门然后登堂入室。你要在自己的门槛上安装一个滑动装置。你不能在那儿放绊脚石。

如果你一开始就用一个结构复杂、意义深奥的句子，那么你就是在读者的轮子前面铺设路障。这相当于你在说："不要看我的书。我的书很难懂。你必须费九牛二虎之力才能熬过去。找别的书看看可能是更好的选择。"

我估计你并不想向读者传达这样的消息。也许你想让读者进来，享受你为他创造的奇迹。不要想用第一行实现太多的目标。记住下面这句话：请保持简洁。

透过"简洁"一词，我想表达的意思是它的长度不应超过一两行，而且应该很流畅。尽量避免使用括号甚至逗号。去掉那些花哨的辞藻。这句话应该只表达一个思想，把它写成顺畅的句子。

假如你现在还没有写出第一行，那么迄今为止你就没事。当你坐下来写第一行的时候，只要注意保持简洁就可以了。我认识一些作者，他们要等到自己把整个草稿都写出来之后，再回过头来写出他们的第一行。对我来说这很有意义。或许在你写完最后一行之前，你并不知道如何把自己的第一行写得完美无缺。即使你先写第一行，也要记得在修订的时候回过头来，看看第一行是否做到了最好。

如果你已经写好了小说的第一行，现在你就看看这一行的表达是不是简洁的？

你的第一个句子可以是一句对话、一个描写或者一个思想。其实，它可以是小说中的任何一个元素。你只要确保它不成为读者的拦路虎就行，这样你就能把它写成很棒的第一行。

第一行必须吸引人

除了读起来轻松而且令人愉悦之外，你的第一行还必须是吸引人的。它必须是有趣的。当然，小说中的每一句话都服务于某种目的，否则你就应该把它删掉。因此，在某种意义上说，你希望每一行都是有趣的。但第一句话在客观方面必须要耐人寻味。

请记住，读者来自于自己的现实世界，她不光要应付税费、账单、孩子，还有一辆趴窝儿的汽车需要掏钱修理。此外，还有成百上千的其他娱乐项目想赢得她的眼球。除了你的母亲之外，不会有哪个读者仅仅因为一部小说是你写的就会去读。其他那些潜在读者都是自由选择的，他们可以花费数分钟或者数小时阅读自己喜欢的书，或者做自己喜欢做的事情。她是否愿意花时间读你的书取决于你的第一行能不能抓住她的眼球。

抓住眼球的第一行并不是说它非常适合接下来的其他句子，因为到目前为止，读者还没有读到书中的其他句子。正如我说过的那样，在客观方面这一句话必须是有趣的。假如把你的小说的第一行从书中摘出来，发到 Twitter 上面，它自身必须能独立存在，而且是有吸引力的。

在某种程度上说，第一行就是整本书的一个缩影。这是最短的短篇小说。相当于你从村子里派去觐见国王的一名村代表。因此，你必须让它有吸引力。

这并不是说在第一行必须发生一些有趣的事情，比如"他扣动了扳机"，第一句话这样写实际上或许不错，不过，它不必说一些自身就很有趣的行动。这句话本身必须是迷人的，但它所表达的内容却未必如此。"请叫我以实玛利"这句话就可以证明这一点。

假如第一要务是吸引读者，那么第一个元素就是写出一个吸引人的开场白。让我们来看看如何才能有效地做到这一点。

第一行有哪些吸引人的要素

什么样的开场白会吸引读者？

我发现最有效的开场白可分为下面四类：

（1）醒目惊人；

（2）内涵深刻；

（3）让人觉得好笑；

（4）神秘莫测。

醒目惊人的例子可以以我的第一部小说（《几乎灭绝》）开场白为例："一旦他决心自杀，剩下的就简单了。"

下面是另一个例子："我盯着自己的鞋子，看着破旧皮革上面落着的一层灰尘。"这个醒目的第一行摘自苏珊·柯林斯的《嘲笑鸟》。

"手势是我拥有的全部；有时它们必须有恢弘的气势。"这是加思·斯坦的小说《雨中赛车的艺术》的开场白。实际上，故事的讲述者是一条狗，这个前提是有趣的。然而，我个人有一个希望，要是编辑把这个开场白分成两个句子，再删掉一个字就好了。"手势是我拥有的全部"这句话更引人注目。不过，作者这样写也相当不错。

让第一行引人注目的另外一种办法是写一个人物的一句对话或者内心独白，这个人物说话的口吻要有特色。这就是马克·吐温那句"如果你没有看过一本名叫《汤姆·索亚历险记》的书，那么你就不知道我，不过这没有多大关系。"的开场白取得成功的原因。

想想你自己的书。你能不能在开场白中说出某种令人感到惊奇、新鲜并且非同寻常的话呢？这可能是你的出路所在。别忘了，你还得让它简单。

同样，你还可以努力把自己的开场白写得思想深刻。托尔斯泰的"幸福的家庭都是相似的，不幸的家庭各有各的不幸。"就是这样的开场白。这句话对于小说中探讨的哲学主题的呈现富有真知灼见。你的书开头能不能用上这样的话？假如你知道自己的主题，那就可以想出几个谚语般的开场白。也许你会挖到金子的。

你还可以想办法让开场白搞笑。请注意，这样做有一个前提，即你写的小说带有幽默，或者至少带有扭曲现实的倾向。下面这个例子从技术上讲是作弊了，因为它包括两句话，但这句话很搞笑："黎明用她红润的手指划破天空。然后马上在里面撕开了两个小孔。"这是米切尔·邦兹的小说《二等英雄》的开场白。

下面是基姆·格鲁恩菲尔德的小说《化妆全报废》的开头："好吧，当我的曾侄孙女读到这里时，时间或许已经是2106年了，那时可能没有了传呼机、手机、电子邮箱和自动应答机，人们使用的是智能项链，无论白天还是黑夜，人们都能跟你取得联系。"虽说这个开场白不算简洁，但读起来很有趣，它预示着下面的内容是幽默的。

假如你的书是一部喜剧或者有点儿搞笑的调子，那么你可以考虑把开场白写得幽默一些。

把第一行写得神秘莫测则是另一种办法。写一点儿耐人寻味的东西。写一些绝对不会让读者无动于衷的东西。

想一想金伯利·斯图尔特是如何写《帽子行动》的开头的："我压根儿没有想过当镇上的杰出人物。"等一下，镇上的杰出人物，这是什么意思？显然是某种出乎故事讲述者意料之外的情况。这是怎么回事？或许你能抗拒继续读下去，但是我做不到。另外还有值得注意的地方，这个句子很简洁。这是其优势之一。

"也许这是不公平的，但对于刚刚发生的情况我要抱怨卡伦沃格尔。"这就是约翰·洛克的《挽救雷切尔》的开场白。你看看，这句话在你的心中产生了一个问号：刚刚发生了什么事？

"当他递来玩具熊的时候，我就知道马上会发生什么事情。"贝丝·肯德里克的《流行迟到》。这是一句耐人寻味的开场白。

你在写开场白的时候不仅要注意用词，而且在选择思想内容的时候也要小心谨慎。我曾读过一本未出版的小说，一开始就告诉读者那天有多么无聊。请相信我，这样的话是不能吸引读者的。下面是梅芙·宾奇的小说《小心弗兰基》的开头："凯蒂·芬格拉斯在沙龙里忙碌的一天就要结束了。"请不要这样写。我敢肯定宾奇写的小说很棒，但我还是不禁想到，假如换一个开场白能让她写得更好。假如你不在意读者说这样的开场白确实是无聊的，她也许会听你的话……去找更有趣的书读了。

当你思考如何让开场白吸引人的时候，心里要想着这四种方法。何不把这四种方法都试一试，每个方法都试上几次，直到你想出一个自己最喜欢的神来之笔呢？

首句必须符合整部书的基调

首句是你为小说设置基调的最强大工具之一。所以，你应该慎重选择。

我上面提到过，假如你写的是一本严肃的小说，那么你的第一行就不能是幽默的。其他类型的小说也是如此。假如你写的小说类似于《黑鹰坠落》，那么你的开篇就不应该是一个种植玫瑰花的轶事。假如你写的是一部浪漫喜剧，那么开篇讲述取出猪下水就不能为故事设定合适的氛围。

注意你的首句。首句应该是慎重选择的结果，而不是随遇而安的产物。你可以把率先浮现在脑海里的东西记下来，然后暂时搁在那儿。我肯定不希望你因为急于写出各具特色、恰到好处的第一行而耽搁几个星期，止步不前。有时候，简单地把东西写下来，然后不断写下去，就是个好事情。但你要保证自己以后再回过头来重新修订开头的第一句话。

先退后一步，不要一味想着自己的构思。假如必须用一个词或者短语来表明你的小说的情感氛围，你会说什么？它的腔调和基调是什么样的？是不是太直白？是不是对于一个杀人狂魔的内心世界的无畏探索？是不是讽刺挖苦？是不是无忧无虑的？是不是幸福的？

当你心中想着小说的情感氛围的时候，也就能发现自己应该用第一句设定什么样的心情了。

我曾说过自己用过下面这个首句开头："一旦他决心自杀，剩下的就简单了。"可是，假如小说写的是在阿兰萨斯港过春假的闲适青少年的轻浪漫故事，这个开头就行不通了。假如你要用这个开头，那么你的故事应该是讲述一个叙事者决心自杀的情况，无论在此之前他做过什么事情。在这样的故事里，这个开头是可以的。

那么你的小说呢？总体基调是什么？请确保你的首句不会误导读者，让她不知道你的小说属于什么类型。请记住，这个首句是你用来引导读者的第一个强大手段，然后读者才能沿着正确的方向读下去，从而完美地理解小说的其余内容。

首句的实例分析

这里所有实例均摘自写作本书时亚马逊网站畅销小说排行榜上的图书，目的是让你明白，无论你写的首句是好是坏，你的小说最终也有可能名列前茅。但假如你可以把首句写好，那还是应该尽量把它写好。

你已经知道第一行应该简单、耐看，同时又符合小说的基调。对于下面这些开篇第一行你怎么看？

"络绎不绝的游客沿着一条小径前行，一边是格拉斯河清澈的、波光粼粼的水面，一边是带着黑色条纹的白色岩石峭壁，紧贴着与右岸平行的狭小空间向前走去。"这是小说《彩绘洞穴的国度》的首句，作者是珍·奥尔。

这是一本畅销书，我当然不能说作者不该这样写。但是，这个第一行既不简洁也不耐看。请作者恕我直言，这一句话让人昏昏欲睡。它无法通过我的图书馆测试。这句话是否符合这本书的基调呢？它似乎有点沉闷，应该与这本书的其余部分是不相匹配的，否则这本书不可能卖得这么火。应该让你的首句帮助你的书取得成功，不要轻视它。

下面是《甜谷机密：十年以后》的开头，作者是弗朗辛·帕斯卡尔。"伊丽莎白把福克斯锁里的钥匙转动了一下，打开了前门内侧紧紧扣住的沉重金属条，发出类似监狱门打开时沉沉的声响，她正要对西格尔锁展开攻势的时候，公寓内的电话铃声就响起来了。"

这么长。它肯定通不过简洁性这一关的测试。作者写一个句子想实现太多目标，尤其是第一句。不过这句话相当有趣，我们可以暂且放她一马，或许它符合这本书其余部分的基调。希望她能简化这个句子，比如像这样："太好了，实在是太好了，"或者用一句对话吸引人的眼球，然后再写更长的句子。请记住，要铺垫好平滑的通道。你要让读者迅速进入故事的内容部分。

下面这个开头怎么样？"那是一个九月晴冷的周六，当时我才七岁，亲眼看到父亲死去了。"我喜欢这句话。我认为这句话可以简化一下，但是它很吸引人。我就被吸引住了。这就是乔迪·皮考特的《唱你回家》的开头。

下面的例子是我编辑过的小说的开头："那个黑人回来了。"我想，这是新鲜而有趣的。它不光绝对简单，而且符合后面的内容。这个小说是马克·斯库利的《黑人》。

"灵魂的四十天从人死后的早晨开始。"嗯，我再读一点儿。它简洁而耐看，我们也相信它是符合这本书的基调的。这就是提亚·奥博雷特的小说《老虎的妻子》的开头。

相信你现在已经掌握了要点。对不起，你也被教坏了，忍受不了平庸的小说开篇。

（此外，开头不要写某人下了车，好吗？也不要写一个后来会醒来的梦境。）

如果你能恰当地写好开场白，你就能吸引读者。这句话很有号召力，至少对于第一页来说如此。假如你的第一行能做到这一点，它的目的就达到了。当然，即使最好的开篇句其魅力也不可能持续到读者读完小说，尤其是质量不好的小说。不过，它吸引读者兴趣的时间足以让他看完第一页，这时你就需要其他精彩的内容吸引他了。

第一页

第一页是精彩的首句和小说其余部分之间的连接。你精心设计出了精彩的小说开场白，但读者会怀疑这句话或许只是个特例，你写这句精彩的话是你抛出的诱饵。然后你就得真正开始展开这条线索。假如第一行让她上了钩，那第一页将决定鱼是安心吞下诱饵还是甩钩而逃。

迄今为止，《写好前五十页》这本书已经让你为如何写好小说的开篇花了很多心思。很可能你已经给自己的小说构思好了开篇结构，无论是循循善诱还是忽悠哄骗，对于自己需要在前面数页中写出的要素清单，你肯定有了一些想法。现在你也想到了自己的首句必须写什么，你要把那个开头搁在小说的其余部分之前了。

无须多言，你的第一页必须很有趣。你会记住吸引读者是你的头号任务。这项任务还要延伸到整个前 50 页，而不仅仅是开场白。

在经我审阅的未发表的手稿中，下面这样的稿件简直无计其数，它们的开场白写得很好，可是后面就是一页或更大篇幅的背景故事，或者其他的直白叙述。第一句的精彩可以吸引读者再接着读两句话。假如你不能很快继之以更有趣的内容，读者就会离你而去。

第一页并不是你把一切解释清楚的地方。前 50 页不适合叙述。第一页是吸引读者的地方。

在第一部分中我谈过，在任何新的场景之中尽早进行场景描写是必要的。我当时说，这样的描写应该起始于第一页的下半页的某个地方。那么，在了不起的第一行与场景描写之间你需要写点儿什么？当然要写一些有趣的事情！

我们要保证把它写好。下面这个第一页是丽莎·加德纳的小说《爱你多一些》的第一页（注意，在原文中这部分是斜体字）：

谁是你的爱？

这是一个任何人都回答得了的问题。这个问题定义了人的一生，创建了一个未来，引领着人生的大部分时间。简洁、大方、无所不包。

谁是你的爱？

他问了这样的问题，我能感觉到自己的回答，在于自己武装带的重量，身上锁子甲束紧的约束，我的士兵帽的帽檐被我向下拉近了眉脊。我慢慢伸出手，手指刚好碰到了手枪的后柄，手枪就别在臀部的枪套里。

"谁是你的爱？"他又一次大叫，现在他的声音更响亮，更加迫切。

我的手指绕过了国家配发的武器，摸到了把武装带系在腰间的黑色皮鞋环。当我解开第一个带扣，然后再解开第二个，第三个，第四个的时候，尼龙搭扣发出了刺耳的声音。我解开皮带上的金属扣，然后解下 20 磅的武装带，完整地把我的手枪、电击枪和可折叠式警棍从腰间解开。它在我们两人中间晃荡着。

"别这样，"我低声说，最后一次想保持理性。

他只是笑了笑。"太小了，太晚了。"

"苏菲在哪儿？你做了什么？"

"腰带。搁在桌子上。马上。"

"不要这样。"

"枪。搁在桌子上。马上！"

作为回应，我的态度更加明确，在厨房中间摆出作战的姿势，我的左手还拎着武装带。

好吧，你有什么感想？你喜欢作者的第一行吗？我认为很棒。简单、耐看而且符合下面内容的基调。然后直接跳读到这一页的末尾。作者开始让我们预感到这件事发生在什么地方，对吧？我个人希望作者能把这个背景描写得更详细一些，让人感觉更逼真，不过，至少我知道朝着"厨房"的方向思考了。

中间有什么？加德纳熟练地运用连续不断的内容把我们卷入其中。这是一名警察和一名枪手之间紧张对峙的场景。出于某种奇怪的原因，警察服从坏蛋的命令，事情如此离奇，足以让我们想读下去一探究竟。这到底是怎么回事？我想不通，但是我想弄明白。

这个第一页很棒。

看看这一页的设计：第一行写得好，有趣的事情发生了（还没有做解释说明），在这一页结束之前还做了场景描写。

让我们再看一个例子：

犹如位于曼哈顿丝袜区的豪华消费合作社和五星级法国餐馆，本奇利东城停车场完全是唯我独尊的。在东77街的四个恒温地下停车场里，几辆老式保时捷、五辆法拉利以及两辆兰博基尼并排停放着，前后左右紧紧挨在一起。

周六正午已经过去了3分钟，一辆崭新的午夜蓝SL550奔驰敞篷跑车从汽车升降梯里尖叫着跑了出来。这辆车似乎是为这个富人区量身定制的。锃亮的奔驰车在窄小的保安亭前停下。亭里四十几岁的瘦高个管理员也是为富人区定制的。开车人穿着贝克汉姆式的珠光宝气的要人服装、熨过的卡其裤、海军高尔夫真丝衬衫，晒成深棕色的皮肤暗示着更加殷实的家境，你很难看出奔驰车上那个虚荣的汽车牌号描述的是汽车还是司机：

SXY BST

"伯杰先生，天气这么热，我想你要像往常那样把上衣脱下来，"那个一半西班牙裔、一半亚裔的车库管理员满脸带笑地说着，一边试探，一边拉开了木料镶嵌的车门。

"现在好些吧。"

"谢谢，汤米，"伯杰说着，麻利地把一张五元钞票递给那个人，然后熟练地坐回豪华跑车标志性的三叉型方向盘后面。"我要玩个痛快。"

好吧，我们谈谈这段文字。由于作者是大红大紫的畅销书作家詹姆斯·帕特森（与迈克尔·莱德威奇合著），我们会以为《踢踏舞》这部小说肯定很了不起，销量肯定很大。考虑到这一情况，而且我们无意于对作者不敬，我们要看看这个坏小子的幕后真相。

你觉得第一行写得怎么样？这句话不算很简洁。我第一次读的时候就有些迟疑。这句话有点儿冗长拗口，也不是很有趣。既然说到了豪华汽车，这本小说大概跟这些豪华汽车及其主人有关，我们假定写出这样的话是合适的。这样看，第一句还可以写得更强一些。

描写得怎么样？从第一行开始我们就有描写，所以我们根本不必担心第一页里没有足够的描写。这一项算是有保障了。

但是，你要记住你的头号任务。在很棒的第一行和场景描写之间，你要写一些有趣的、吸引读者眼球的东西。帕特森的读者要继续往下读，因为他们知道后来的事情会让人更兴奋。但我们永远不应要求读者在得到乐趣之前先忍受一些无聊的东西。尤其是在第一页，一切都应该是有趣的内容。假如我是这本书的编辑，我就会要求作者把开篇部分重新修改一下。

再看一个例子：

当拉斯从洞穴的肚子里跌跌撞撞地钻出来的时候，粗糙的石头磨破了他的手掌。他扯掉了嘴上临时捂上用来过滤空气的树叶，猛吸一口凉爽的地下空气，舒缓一下憋闷的肺。每一次呼吸都让他断掉的肋骨饱受折磨，他感觉身体两侧像刀割一样疼。

他转向门口，凝视着外面灰尘密布的天空。灰色像护罩一样笼罩着整个世界，迅速吞下他留下的巨大的三趾足迹，清除任何可能跟踪到他的气味。拉斯蹒跚地走进了山洞深处，他感觉满意，在火山灰降落的时间内他是安全的。他的爪子在石头地面上发出空洞的回声，啪嗒，啪嗒，啪嗒的声音在黑暗之中回荡。

附近有涓涓细流发出音乐般的声音，拉斯朝着声音走去。突然，他的脚下踩到了湿湿的东西，这让他注意到地上有一个浅浅的水池。他小心翼翼地蹲在地面上，并用自己的鼻子浸入这寒冷的液体。火山灰的苦味淌过他的舌头，但干渴的喉咙充满了甜蜜的安慰。然而每喝一口水都加剧了肋骨的疼痛。

凉爽、湿润的岩石贴着自己发烫的皮肤，这感觉很好。他翻身向左躺下，避开了自己被打伤的肋骨，然后伸展开12英尺长的身躯。他的尾巴尖拍打着地面，这时他的睡意已经很浓了。水流的吟唱让他睡着了。

令人镇静的黑暗中发出一阵凄厉的哭声，这让拉斯心头一震。火辣的疼痛沿着右肋直达尾巴。透过这个痛苦，他在脑海边缘还听到了逝去的哭泣回声。他呻吟着，滚动身体，腹部朝下趴在地上，强迫自己俯身多喝了几口水。

他撑着站起来，微微摇晃着，调整僵硬的肌肉以便适应自己的体重，然后歪着头听着。

发出声音的东西已经不再出声了。或许，这个哭声只是噩梦的残余吧。

斯图亚特·沃恩·斯托克顿的小说《星火》就是这样开头的。它的第一行简单、耐看，又符合后面的内容。我们看到作者很好地描写了这个场景，包括感官信息。然后，第一页剩余的内容吸引人吗？那要看你是否喜欢故事里这个动物：它是有知觉的，12英尺长，长着三个脚趾，还有一条长长的尾巴。其实，谁会不喜欢它呢？读者必然给这样的故事开绿灯。

假如你还没有写出小说的第一页，现在你也明白应该如何写了。在精彩的第一行和场景描写之间的内容应该是有趣的，你几乎可以写任何你想写的东西：对话、行动甚至内心独白，只要它是精彩的，你都可以写。前提是它是有趣的，可以吸引读者的眼球。

写好了第一页，你就知道自己应该如何解剖它，看看它能否有效地把读者吸引住。

正确的钩子

对于读者来说，小说的第一页可能看似很简单。毕竟，其篇幅仅仅一页而已。与整部书相比，这确实算不了什么。确实如此。但是第一页要是写得很好，它真的是作者深思熟虑的巅峰。

当然它必须吸引人。不过它也必须引导读者了解这是一部什么样的小说。它必须符合这本小说内容的开篇方式。这取决于你如何给自己的小说编排次序，而且第一页既可以引入主人公，也可以引入反面人物。你可以让读者先看序幕，讲述主要故事发生之前的事情，也可以让我们直接站在最后的悬崖边缘，还可以从介于两者之间的地方开始。

第一页相当于书的枪尖，而第一行则是枪尖上滴血的锋芒。这并不是说我们要用鱼叉捕获读者。也许"钩子"这个隐喻更好。

当你拿钓竿去钓读者时，要选好合适的钓钩和诱饵。然后选好有鱼的水湾，你就能钓到鱼了。

13

第 2 页至第 50 页

> 随后某个时刻，你会以为自己已经万事俱备。这才是开始。
>
> ——路易斯·拉慕

在耀眼的第一行、第一页与这本小说涵盖范围的最外围（或者第 50 页结束的地方，以先到者为准）之间还有 49 页有趣的内容。

是不是令人目不暇接？前 50 页需要完成这么多任务。在这个问题上，你学到的东西已经相当于大学课程的水平。确实，目前你跟他们一样，已经精通了如何写作小说的开头。

在这一章我要谈的都是还没有探讨过的话题：多重主线、双主人公、主题、曲折迂回等。所以你要再读几页，然后让这架飞机着陆。

始终一贯的故事主线：关于前 40 页

我们讨论了前 50 页的内容，并且粗略地谈论了有关小说开头的一个重要问题：多重故事主线与视角人物。

我认为在小说的前 40 页，你必须坚持与自己的主人公在一起。

序幕是一个免费的搭头儿，你可以聚焦于别的人物或故事主线，一旦你把主人公搬上舞台，在 40 页的篇幅内读者都需要和主人公待在一起，此后你才可以切换到其他的故事主线和视角人物上。

之前我还没有提到这一点，不过它与我此前所说的都是并行不悖的。在前50页内，你要构建主人公的初始状态和心结，因此她要登上舞台才行。同时你也要吸引读者，让读者与主人公建立情感纽带，这也需要她登上舞台。你把主人公的工作、家庭以及其他方面的"常规"呈现在读者面前，这还需要她登上舞台。几乎我们前面谈到的一切都需要主人公在前50页登上故事的舞台。

假如你已经写好了小说的前50多页，你的写法可能并不是这样的。我郑重其事地要求你作出修改，以便确保在至少50页里主人公是站在故事的舞台上的。

原因如下。

当读者开始读你的小说的时候，他跟你的小说或者任何人物之间都缺乏情感纽带。除非这本小说是一个续集，否则他可能事先对于主人公没有任何了解。他面对你的小说的时候，是完全没有预热过的。

需要等待一会儿或者读过几页之后，他才会渐渐熟悉并适应你的小说。对于读者来说，读一本新小说就像心智被搬运到了另一个空间。他需要花一点儿时间看看周围的环境，找到自己的位置，然后辨明基本的情势。不过等过了一段时间，假如你写得好，摸不着北的感觉就会逐渐消退，他就会跟你一起去冒险了。

为了帮助读者适应这一切，你需要给予读者连续的条理。向读者介绍一个主要人物之后，你要让读者在较长时间内透过这个人物的视角观察情况，然后才能切换到新的人物视角中去。读者把握了这个主人公的情况，然后就能体会到他的思想感受。慢慢地，读者有了宾至如归的感觉，而且更为关键的是，他与人物之间形成了情感纽带。正如我前面所说，这都是头号任务。

相比之下，我在那些未发表的（以及许许多多已发表的）稿件中发现了截然不同的情形。在这些稿件中，作者就像一只跳蚤，趴在一条正在洗澡的狗那湿滑的身上,并且在不同的故事主线之间跳来跳去。

我曾经看到过这样的小说,在读到第 50 页之前就发现了 17 个剧情主线和视角人物。这实在令人抓狂。在两页的篇幅内,我们从米尔德里德的视角出发了解她的生活、性情和处境,但到了第 2 页结束的地方,视角就跳转到了阿齐兹身上,他在沙漠中向着海市蜃楼狂奔。正当我们刚刚了解阿齐兹的时候,视野又突然交给了西尔维斯特,他正被自己的孙女赶出家门。正当我们想弄明白这是怎么回事的时候,我们的视野又突然被拉向了琳达,她正在巴西的公寓里盘算着与自己不忠的丈夫分道扬镳。你会喜欢琳达吗?太糟糕了,因为现在你又要遇到布巴,然后是皮埃尔,还有特里尤,之后是加州大学洛杉矶分校的乒乓球队……等我们回过头来,回到米尔德里德身边的时候,我们压根儿不清楚那个人是什么样的。

更糟的是,这里没有任何我们感兴趣的东西。

读者迫切需要与你的主人公和故事产生情感联系。促使她读你的小说的首要原因是,她希望找一个可爱的人跟自己一起踏上快乐的旅程。

但当读者与主人公之间还没有建立起强烈关联之前你就让主人公离她而去,这样的做法确实切断了这种关联。因为读者必须从头再来,与一个新的人物及其生活状态之间建立关联。无论她与人物 A 建立了怎样的关联,现在都已随风而去、化为乌有,同时她又要重新与人物 B 建立关联。但她这样做有些心有余而力不足,因为她已经把自己的爱给予了人物 A。

于是,每当你切换到另一个人物的生活的时候,你就切断了一次关联。每当出现这种情况,读者都没有办法全心全意地与新的人物重新建立关联。最后读者精疲力竭,也没能与任何人物建立关联。这时候她就会把你的书放下,看电视节目去了。

我认为作者这样跳来跳去的原因，是因为他们想向读者展现小说中将要出现的种种多彩体验，另外他们也可能对于吸引读者过分狂热。或许你不喜欢 A 角色，那么我就让 B~Z 角色都走马灯一样快速登场，让你检阅一遍。其中肯定有你喜欢的。但是，这样做的后果可能适得其反。在前 50 页内，每当你切换到新的视角人物时，实际上都会阻断读者和人物之间建立的任何关联。

不要这样做。你要相信自己已经尽力让主人公显得惹人喜爱、引人入胜（请重温第 4 章的内容），那么在 40 页的篇幅内你的主人公就应该做到从一而终。

是不是说你的小说就不能拥有多个视角人物？我可没那么说。你的小说可以拥有几个视角人物。但是对于一部普通的小说而言，不要超过六个视角人物。我只是建议你让我们与主人公之间先建立起全面的关联，然后再让我们去关心别人。

假如你让我们一连 40 页都沉浸在主人公的生活情境中，我们就会与她结下依依不舍的情感联系，然后你就可以放心地让我们切换到一个全新的人物、故事主线和环境中去。我们仍然能够继续与第一个主人公保持关联。在这种情况下，你暂时切断了读者与主人公之间的联系，当另外一个故事主线推进一段，比如不超过 25 页之后，你就需要回到主人公这里。只要你能让我们与主人公保持联系，带着我们跟其他人物一起去闲逛一下也没有关系。

有时人们听了我上面的讲解之后就产生了误解。我并不是说在这 40 页的篇幅内唯有主人公才能站在舞台上。我也没有说你不可以在小说的不同故事主线之间做切换。我更没说你在中途引入的其他人物最终不能充当小说的视角人物。你的小说中可能拥有七个视角人物，你也可以一开始就让这七个人物同时登上舞台。不过在前 40 页的篇幅内，我们只可以透过主人公的眼睛观察情况。

正如我上文说的那样，序幕是免费搭顺风车。它是一种例外。假如你想写出几页的内容为主要的故事情节做铺垫，即便这意味着我们以后才能见到主人公，也是可以的。读者明白，跟其他部分相比，序幕属于一个另类。我们大概不会把爱奉献给这些人物。反正即便序幕里出现的是一个坏蛋，我们也不会爱上他的。当序幕结束以后，我们见到了主人公，然后我们开始与主人公建立关联。

假如你在序幕里展现的人物是值得同情的，我们就会与此人产生关联。关于那个人的故事，你向我们展示的篇幅越长，这种关联也将越强。你要因势利导地运用这个动力机制，比如你让我们关心一个后来成为坏蛋的人物，那就说明你让我们对他抱有浪子回头的美好愿望。只要你清醒地认识到正在发展的故事脉络就可以了。我们在一个故事主线上花费的时间越长，我们就越倾向于把这个主线当做是主要的线索。

双重主人公小说是一种特殊情况。上文所述连贯40页的规则（或者说指引）其实也适用于拥有多个主人公的故事。

在这种情况下，你必须做出选择。你必须首先聚焦于其中一名主人公。不管你喜欢与否，即便在你的心目中，两个人物并驾齐驱，还是要先把第一位人物视为主要的主人公。在整部小说剩下的部分，你可以给第二位主人公分配更多的戏份，从而使两者整体上几乎平分秋色，但在读者的脑海里，第一个主人公始终都是居于首位。你要因势利导。正如计算机程序员所说，这不算一个错误，这是一种特色。

吉尔·威廉姆森的小说《隐身黑暗》有两个主人公。本来在前50页内作者把两者的戏份做了很多交叉切换。两个人物写得都很好，但是因为作者想让读者把感情平均分摊到两位主人公身上，最后的结果是作者把读者的感情完全割裂开了。就像人物轮流休假一样。我们的解决方案是把其中一个主人公的几场戏连贯起来，放进小说的第一部分。然后在第二部分，我们回溯到前面那位主人公故事发生的时刻，不过这一次我们看到的是另外一个主人公身上发生的戏。

最后，主人公 B 的戏也抵达之前主人公 A 暂时搁置的地方。从此以后，无论作者在两个主人公之间如何交叉切换，都没有关系了。但是，由于我们之前先在主人公 A 的生活中度过了 40 页，然后才切换到主人公 B，所以我们与第一个主人公的情感联系依然存在。此外，因为我们与主人公 B 的生活也有一连 40 页的了解，我们也与这个主人公建立了强大的关联。后来当作者在两者之间交叉切换的时候，我们对两者的爱是平分秋色的。

但是请注意，正因为我们在前期没有让两者交叉切换，才有了现在这种相映生辉的局面。在前面 40 页内（序幕除外），你必须跟主人公待在一起，这样做的目的是为读者构建一种强大的联系，这个联系足以承受你最终切换到一个全新人物时所产生的切割力。

在这个问题上，你不必墨守成规。精确到 40 页的篇幅也不是什么魔咒。针对一个故事主线，你的篇幅大可以压缩到 25 页内，这都没关系。况且即便你想切换，在写了 75 页之后再去切换你大概也做不到。等到写完 200 页之后你再想切换到一个全新的故事主线，由于读者已经认为不会有别的故事主线了，对于读者来说这样做无疑是颠覆性的。

这时话题又回到我之前有关播种与收获的混合隐喻。无论你打算在后面的小说里写什么，在开始前都要有所铺垫。这并不是说你要在前 75 页内把每个视角人物都给大家悉数引见一遍。不过，这确实意味着在这个篇幅内你需要做一两次的切换，向读者表明你还有其他的视角人物和故事主线。

我希望针对 40 页的指引不会让你觉得繁琐。在前 50 页内，我已经给你的主要人物布置了这么多的任务，期间假如你切换到别的一两个视角人物，你几乎不可能完成这些任务。我想再次强调，让读者在一连 40 页内停留在主人公的视野之内对你是有益的。在读者与主人公之间建立情感联系是前 50 页的头号任务，而且只有与主人公待在一起才能培养这种情感上的联系，这样做就接近我在本书中制定的规则了。

双重主人公的介绍

让我们把介绍双重主人公的方法探讨完。

《就想赖着你》有两个主人公：芭芭拉·诺瓦克和卡彻·布洛克（分别由蕾妮·齐薇格和伊万·麦克格雷戈尔饰演）。我们首先见到的是芭芭拉，她来到纽约跟自己的编辑见面，这个编辑也是她极其成功的新畅销书《就想赖着你》的出版商。我们看到，这个可爱的乡下姑娘被熙熙攘攘的曼哈顿人推来挤去。我们看到，她站在一群出版社高管面前，当然这些高管都是男人，她向他们讲解自己的书，这让他们有点焦虑。但是芭芭拉坚持自己的立场，我们很快就喜欢上了这个人物。

后来我们又见到了卡彻·布洛克，"女人的男人、男人的男人、镇上的男人"，他正坐在直升机上，机舱里还有三个他从科帕歌舞表演赛带来的舞女。假如有淫棍这类人的话，他就是一个。我们听到他兴致勃勃地给编辑谈论自己的英雄事迹，还看到女人们是如何倾慕卡彻的。即便我们不想喜欢他，也很难不喜欢他。

当介绍完卡彻之后，我们有了两个让我们很关心的主人公，我们迫不及待地想看看这两个令人难以抗拒的人物撞到一起会擦出什么火花。

在小说中介绍双重主人公真的没有秘诀。你只需要给每个主人公都写一个专门介绍他们的场景就可以了。在用 40 页的篇幅介绍 1 号主人公的生活之前，不可以介绍 2 号主人公的情况，但是此后你就可以让 2 号主人公登场了。就像你为反面人物以及其他主要人物创作登台的场景一样，你也要为 2 号主人公的登场创建一个完美的场景。

主题

假如你的小说里蕴含着某个主题或者教训，我们也需要在前 50 页内看到它。先想出十几种方法来展示主题的第一、第二个方面及其对立面，看看在开头两页你可以优雅地运用哪些方法。你不必一窝蜂地把所有方法都用上，毕竟，你还有 300 页的篇幅来探究自己的主题，不过你要确保自己播下这些种子的时间够早。

这样的技巧使得小说在反复阅读时非常有趣，因为当你第二次通读的时候，已经知道这本小说是怎么回事，知道作者为读者埋下了哪些伏笔，可是我们在第一次读的时候却对此茫然不知。因为这个原因，我喜欢观看《回到未来》这部电影。在影片的前面，在我看来这部分相当于小说的前 50 页，制片人埋伏了许多伏笔，后来这些东西才显示出其重要意义。作者一开始就向我们透露了主题，而这一点恰好证明了其叙事实力。

另一个很好的例子是电影《成事在人》。电影第一幕就展现了被一条马路隔开的两个球场。路的一边，有钱的白人在很好的球场上打英式橄榄球，周围的建筑都很整洁。在另一边，贫穷的黑人在草皮枯死的球场上踢足球，周围则是廉价的出租屋。纳尔逊·曼德拉从马路的正中间走了过来。这是对于电影主要题材的有力宣示。

如果你的小说有一个主题，那么在前 50 页内，你怎样才能把它说清楚呢？

循环

循环的问题说的是小说在收尾的地方如何绕完圈子返回故事的起点，反之亦然。

电视剧《实习医生格蕾》的编剧喜欢使用循环。每一集电视剧开头都是由一个人物就特定话题做出评论，比如说选择的问题。到了最后一幕，依然是那个人物登上舞台来一遍老调重弹，然后电视剧就结束了。

循环是一个精彩的手法，它能让人感觉故事是一个有机的整体。在揭开话题之前，这样做也可以让人感觉故事是结构严整、构思缜密的。这让读者感觉作者对于自己写的东西始终是了然于胸的。这很好。很多时候，小说的创作过程往往就像作者磕磕绊绊地摸索一条道路，而不像是完美地实施既有的规划。

你可以做循环的练习，画出的圆圈可大可小。在小说的结尾，假如你能重返开头，那么你就绕了一个大圈子。不过，你也可以在小圆圈里运用循环的手段，还可以在一个场景的首尾两端画成一个圆圈。

我有一部小说（《火把行动》）第一幕的开头与结尾写的都是同一句话。当读者第一次读到这句话的时候，它有一个意义。但是在这一幕结尾，同样的话在内涵方面就大不相同了。这就是一个小循环。

在前 50 页内，你确实不能画出一个大的循环圆圈。你必须等到结尾的时候才能回过头来，呼应小说开头的某些内容。不过，你在心中一定要牢记一点，写到后来你肯定还要回过头来考虑你在前 50 页写的一些东西。

循环可以让人感觉到你的故事构思是精巧的。在写小说的时候，你可以试试这个方法。

为收获而播种

正如我们所看到的，前 50 页要为后面的内容奠定基础。其实，前 50 页的主要功能之一就是为主要剧情的开始做准备。

纵观前面几页，你都是在为以后的内容做准备。你要构建情境、人际关系以及历史背景，所有这些都是接下来的故事要用到的。播种，播种，播种。赶快去吧，种下自己的苹果树种子吧。

假如在小说中的某个关键时刻，你的主人公需要成为一个滑雪能手，那么在前50页你最好先做铺垫。（当然不能直接说出来，而是要透过动作、场景、对话、不说话的虚构人物或争吵来展示。）假如主人公是研究古代阿卡德楔形文字的专家，那么在前50页内我们最好要知道这一点。

播种和收获的关系就是这样。凡是你在后来要收获的重大成果，都需要在开始的时候播下种子。你播种的地方未必非得在第1页，但肯定要在第50页之前。

这里说的是与情节、人物有关的大事情。我的意思并不是说，假如在高潮场景的梳妆台上有一把梳子，那么你就要在前50页的某个地方展示这把梳子的存在。不过，我们绝对不能等到了第400页才发现原来主人公能说一口流利的波斯语，以便让他能读懂文书上的一个关键文字，从而一举扭转乾坤。嗯，这样绝对不行。

因此，我亲爱的园丁，请你开始播种吧。假如你已经写到了第400页，这时才想到需要主人公懂波斯语，那么请你回到前50页，找一个地方把这个信息自然而然地流露出来。好吗？为了将来的收获，请早早播种吧。

真正的开始

我前面曾经提到过这个问题，不过我觉得它值得重申：小说的开头需要一个又好又长的场景。我建议的篇幅是8～20页。绝对不能用一两页的所谓"小场景"来充当小说的开头。

在小说前面一连40页内起作用的因素应该是一贯的。你希望小说按照自己的意愿开头，在开头的地方你要透露一些有价值、有意义的东西。要把小说当成电影或者短篇小说那样写。你要让它能够自成一体，具备开头、中间和结尾的所有机制。

小说的开头不能蹑手蹑脚。你要用气势磅礴的大型舞曲启动你的故事。

很好，这就是真正的开始。

续集的前 50 页

在本书中我谈到的一切都有一个前提，即你要写的是一本独立的小说或系列小说的第一本。当然事情并非总是这样。假如你写的不是系列的第一本，又需要做出哪些调整？

其实你用不着做太多的调整。为了给小说的开头构建一个稳固的结构，你写系列小说的第 31 本的时候所做的事情和你写第一本的时候是一样的。任务是相同的：介绍主人公，构建常规，展现主人公的初始状态，等等。

不过在系列小说后面的小说中，你可以走一些捷径。假如第二本的主人公和第一本的主人公是同一个人物，你未必要像初次那样介绍主人公。假如反面人物是同一个人物，第二本小说只需要把他的情况更新一下，而不必专门再做一次完整的介绍。假如第二本仍然在展示主人公的内心之旅，你不必回到过去，再次展现他的初始状态。当然，用一个场景来展现他当前的状况可能还是需要的。

一个特殊情况是，假如你的系列小说真的是一个很长的故事，可以把它切分成两个或多个部分，以免难以下手。《指环王》就是一例。但是即便在这种情况下，我也建议你看看第一部结尾的地方以及下一部开始的地方，然后再写一点"重新认识"的场景，以便让读者调整方向。毕竟，你也弄不清楚读者阅读上一部小说的时间距今已经过去了多久。

此外，开头虽说都比较短小，但写的时候要注意，比如下面这样的情况。

假设你打算给一群大学生讲你的故事，而大学生们要过春假了，你就必须中途停下来。当你重新开始写的时候，读者大概还能记得上次发生的剧情，但是写一点儿"你还记得"这样的温习场景会很有趣。

我的系列小说《火把行动》有三部小说。每部小说都独立成书，但三部小说的主要人物是同一批。在第二部、第三部中，我创作了完整的介绍性章节，让读者重新熟悉人物的性格与人际关系。我并不是以为读者早已不记得了。原因在于我知道这部小说会有一些新的读者加入进来，他们并没有读过第一部小说。即便是那些读过我的每一部小说的读者，他们也需要透过一个场景才能知道主人公在这个故事开始时处于什么样的状态。

如果你正在写的是系列小说的第二部或后面的某一部，你就要回头透过这个角度通读《写好前五十页》的每个章节。你不必像写第一部那样全面细读，但仍然应该阅读这本书中几乎所有的建议。我在这本书里介绍了如何写出坚实的小说开篇的方法。无论你写的是第一部、第二部还是第二百部，这些都是你需要参考的。

而现在，我们关于如何开篇的探讨已经接近尾声。

14

结论

> 这并不是尾声。甚至连尾声的开始都算不上。不过，或许它算得上是前奏的结尾。
>
> ——温斯顿·丘吉尔

谁知道寥寥几十页却需要谈论这么多？

当我们开始的时候，你可能对于如何推进小说的开篇已经有了一些很好的想法。无疑，你之前也曾碰到过一些了不起的小说或者电影作品开篇，而且你对于自己的小说开篇很可能已经有了一些模糊的概念。也许你已经写出了一稿，甚或你已经把全稿都写完了。

我希望给你呈现的是一个原理图，你可以据此评价自己或者别人小说的前50页。我的任务是为你提供工具，帮助你不仅知道在这些页里应该有什么内容，而且掌握用自己的双手一点点写出这些内容的方法。

一开始我们一起深入虎穴寻幽探险，发现了组稿编辑和经纪人内心世界的神秘河流。我们审视了这些人实际操作时的具体条件和预期，这有望帮助你更深入地理解出版商的亲身感受。我们审视了假如你想吸引住这些编辑和经纪人的眼球，在前面数页中要避免的种种禁忌。

然后，我们这本书的大部分篇幅都在审视你需要做些什么才能为你的小说打造一个精彩的开篇，既可以为一本结构恰当的小说奠定一个结构的基础，也能让读者准确地以你预期的方式接受一整部小说。

我所说的内容大多不应被视为唯一正途。对于哪些方法效果最好，我提出了想法，但这并不意味着别的想法就不会有效。况且，很多小说作者显然压根儿也没有读过我说的东西，但他们的作品同样大受欢迎。这就是现实生活。

建议读者仔细考虑一下我在每个关键地方所说的话。我在这本书里所说的内容造就了出版业诸多奖项的赢家或者入围作品。要再次重申，这并不是说我的方法是成功的不二法门。

但是这说明它确实有效。

我的目标是赋予你力量而不是拘束你。希望你能感觉到自己有能力用成千上万种开篇写小说。当你了解到小说的前50页需要包括哪些要素以及要完成哪些任务之后，你就能以自己喜欢的方式完成任务。

所以，开始动笔写出令人难以置信的好小说吧……优异的前50页是第一步。

回到原点

1962年的一天，得克萨斯阳光火辣辣地照耀着肯尼迪总统和他的听众。人们被他牢牢地吸引住了，总统脑海里浮现出一个愿景，他抛出了太空计划的军令状。

"同胞们，如果我说我们将要在休斯敦的控制中心把一个超过300英尺的火箭送到24万英里之外的月球，火箭由新型的合金制成，包括一些目前尚未发明的合金……用一种比装配最精密的手表更加精密的方法装配起来，载着所需要的一切生存设备……通过一次史无前例的抵达未知天体的发射任务，然后再安全地返回地球……而做到这一切，把它做好，敢为天下先地做到这一切，在这个十年结束之前做到这一切，那么，我们一定是勇敢无畏的。"

亲爱的作者，你也一定要勇敢无畏。听吧，这些开创性的英雄在呼喊你登上荣耀之旅：

阿尔贝托·萨拉萨尔："站在起跑线上，我们都是懦夫。"

"这么多人失败了，因为他们没能起步，他们止步不前。"克莱门特·斯通说，"他们没有克服懒惰的惯性。他们没有起步。"

"假如你没有开始，那你就永远不会赢。"海伦·罗兰如是说。

马丁·路德·金："充满信心地走出第一步。你还不必看到整个楼梯，只管迈出第一步。"

艾伦·科恩："不要等到万事俱备才起步。起步才会万事俱备。"

歌德："不管你做什么或者梦想能做什么，请开始吧。英勇无畏本身就具有天才、力量和魔力。"

现在，放大音量播放《加勒比海盗》的配乐《死人的胸膛》（或者任何可以让你打起精神创作小说的音乐），然后把你做过的笔记拿出来，回想一下我们在一起时你找到的奇思妙想，开始写吧。

"所有这些工作不可能在最初的一百天内完成，"肯尼迪总统当天在得克萨斯州这样说道，"这一切也不会在最初的一千天内完成，在这届政府的任期内也不可能完成，甚至在我们这一代人有生之年也许都不会完成。但是，请让我们现在就开始为此努力吧。"

译后记

"创意写作书系"的书单越来越长，足见其市场反响之强烈。《写好前五十页》是这个书系里的一个新品种。如果它能不辜负读者的信任，提升大家的创作水准，则善莫大焉。

前50页是一部小说打开成功之路的钥匙。这本书的创作视野涵盖了读者、作者、编者等多重视野，从多个角度详细分析了前50页的创作问题。本书作者讨论小说创作时常常举出一些经典电影作为案例。如果你熟悉这些电影的话，读起来肯定会有顺风顺水的流畅体验。

译事告竣之日，译者要感谢慧眼识珠的编辑杜俊红女士以及高屋建瓴的刁克利教授。此外，参与翻译工作的除我之外，刁克利、和霞、王炳乾、王殊四位亦各有贡献。虽说译事艰难，挂漏难免，然责任在我，不容推托。读者若有指正敬请不吝赐教。本人衷心希望这本书能在大家完善创作技巧的道路上起到指导作用。

王著定

2014年10月

于北京西郊墨渊斋

创意写作书系

这是一套广受读者喜爱的写作丛书,系统引进国外创意写作成果,推动本土化发展。它为读者提供了一把通往作家之路的钥匙,帮助读者克服写作障碍,学习写作技巧,规划写作生涯。从开始写,到写得更好,都可以使用这套书。

综合写作		
书名	作者	出版日期
成为作家	多萝西娅·布兰德	2011年1月
一年通往作家路——提高写作技巧的12堂课	苏珊·M.蒂贝尔吉安	2013年5月
创意写作大师课	于尔根·沃尔夫	2013年6月
渴望写作——创意写作的五把钥匙	格雷姆·哈珀	2015年1月
与逝者协商——布克奖得主玛格丽特·阿特伍德谈写作	玛格丽特·阿特伍德	2019年10月
心灵旷野——活出作家人生	纳塔莉·戈德堡	2018年2月
诗性的寻找——文学作品的创作与欣赏	刁克利	2013年10月
从创意到畅销书——修改与自我编辑	詹姆斯·斯科特·贝尔	2016年1月
来稿恕难录用——为什么你总是被退稿	杰西卡·佩奇·莫雷尔	2018年1月
虚构写作		
小说写作教程——虚构文学速成全攻略	杰里·克里弗	2011年1月
开始写吧!——虚构文学创作	雪莉·艾利斯	2011年1月
冲突与悬念——小说创作的要素	詹姆斯·斯科特·贝尔	2014年6月
情节与人物——找到伟大小说的平衡点	杰夫·格尔克	2014年6月
人物与视角——小说创作的要素	奥森·斯科特·卡德	2019年3月
情节线——通过悬念、故事策略与结构吸引你的读者	简·K.克莱兰	2022年1月
经典人物原型45种——创造独特角色的神话模型(第三版)	维多利亚·林恩·施密特	2014年6月
经典情节20种(第二版)	罗纳德·B.托比亚斯	2015年4月
情节!情节!——通过人物、悬念与冲突赋予故事生命力	诺亚·卢克曼	2012年7月
如何创作炫人耳目的对话	詹姆斯·斯科特·贝尔	2016年11月
超级结构——解锁故事能量的钥匙	詹姆斯·斯科特·贝尔	2019年6月
故事工程——掌握成功写作的六大核心技能	拉里·布鲁克斯	2014年6月
故事力学——掌握故事创作的内在动力	拉里·布鲁克斯	2016年3月
畅销书写作技巧	德怀特·V.斯温	2013年1月
30天写小说	克里斯·巴蒂	2013年5月
从生活到小说(第二版)	罗宾·赫姆利	2018年1月
小说创作谈	大卫·姚斯	2016年11月
写小说的艺术	安德鲁·考恩	2015年10月
成为小说家	约翰·加德纳	2016年11月
小说的艺术	约翰·加德纳	2021年7月

非虚构写作		
开始写吧！——非虚构文学创作	雪莉·艾利斯	2011年1月
写作法宝——非虚构写作指南	威廉·津瑟	2013年9月
故事技巧——叙事性非虚构文学写作指南	杰克·哈特	2012年7月
光与热——新一代媒体人不可不知的新闻法则	迈克·华莱士	2017年3月
自我与面具——回忆录写作的艺术	玛丽·卡尔	2017年10月
写出心灵深处的故事——非虚构创作指南	李华	2014年1月
写我人生诗	塞琪·科恩	2014年10月
类型及影视写作		
金牌编剧——美剧编剧访谈录	克里斯蒂娜·卡拉斯	2022年1月
开始写吧！——影视剧本创作	雪莉·艾利斯	2012年7月
开始写吧！——科幻、奇幻、惊悚小说创作	劳丽·拉姆森	2016年1月
开始写吧！——推理小说创作	劳丽·拉姆森	2016年7月
弗雷的小说写作坊——悬疑小说创作指导	詹姆斯·N.弗雷	2015年10月
好剧本如何讲故事	罗伯·托宾	2015年3月
经典电影如何讲故事	许道军	2021年5月
童书写作指南	玛丽·科尔	2018年7月
网络文学创作原理	王祥	2015年4月
写作教学		
剑桥创意写作导论	大卫·莫利	2022年6月
小说写作——叙事技巧指南（第十版）	珍妮特·伯罗薇	2021年6月
你的写作教练（第二版）	于尔根·沃尔夫	2014年1月
创意写作教学——实用方法50例	伊莱恩·沃尔克	2014年3月
创意写作思维训练	丁伯慧	2022年6月
故事工坊（修订版）	许道军	2022年1月
大学创意写作·文学写作篇	葛红兵 许道军	2017年4月
大学创意写作·应用写作篇	葛红兵 许道军	2017年10月
小说创作技能拓展	陈鸣	2016年4月
青少年写作		
会写作的大脑1——梵高和面包车（修订版）	邦妮·纽鲍尔	2018年7月
会写作的大脑2——怪物大碰撞（修订版）	邦妮·纽鲍尔	2018年7月
会写作的大脑3——33个我（修订版）	邦妮·纽鲍尔	2018年7月
会写作的大脑4——亲爱的日记（修订版）	邦妮·纽鲍尔	2018年7月
奇妙的创意写作——让你的故事和诗飞起来	卡伦·本基	2019年3月
成为小作家	李君	2020年12月
写作魔法书——让故事飞起来	加尔·卡尔森·莱文	2014年6月
写作魔法书——28个创意写作练习，让你玩转写作（修订版）	白铅笔	2019年6月
写作大冒险——惊喜不断的创作之旅	凯伦·本克	2018年10月
小作家手册——故事在身边	维多利亚·汉利	2019年2月
北大附中创意写作课	李韧	2020年1月
北大附中说理写作课	李亦辰	2019年12月

创意写作课程平台

从入门到进阶多种选择，写作路上助你一臂之力

【品牌课程】叶伟民故事写作营

故事，从这里开始。

如果你有一个故事创意，想要把它写出来；

如果你有一个故事半成品，想要把它改得更好；

如果你在写作中遇到瓶颈，苦于无法向前一步；

如果你想找一群爱写作的小伙伴，写作路上抱团取暖——

加入"叶伟民故事写作营"，让写作导师为你一路保驾护航。

资深写作导师、媒体人、非虚构写作者叶伟民，帮助你实现从零到一的跨越，将一个故事想法写成一个完整的故事，继而迈出从一到无限可能的重要一步。

【写作练习】"开始写吧！——21天疯狂写作营"

每年招新，专治各种"写不出来"。

你有没有遇到过这样的情况：

拿起笔来，或是把手放到键盘上，这时大脑变得一片空白，一个字也写不出来？

或者，写着写着，突然就没有灵感了？

或者，你喜欢写作和阅读，但就是无法坚持每天写？

再或者，你感觉写作路上形单影只，找不到志同道合的小伙伴？

"开始写吧！——21天疯狂写作营"为你提供一个可以每天打卡疯狂写作的地方。依托"创意写作书系"里的海量资源，班主任每天发布一个写作练习，让你锻炼强大的写作肌。

★ ★ ★

写作营每年招新，课程滚动更新，可扫描右侧二维码了解最新写作营及课程信息，或关注"创意写作坊"公众号（见本书后折口），随时获取课程信息。

创意写作课程平台

精品写作课

作家的诞生——12位殿堂级作家的写作课

中国人民大学刁克利教授10余年研究成果倾力呈现，横跨2800年人类文学史，走近12位殿堂级写作大师，向经典作家学写作，人人都能成为作家。

荷马：作家第一课，如何处理作品里的时间？
但丁：游历于地狱、炼狱和天堂，如何构建文学的空间？
莎士比亚：如何从小镇少年成长为伟大的作家？
华兹华斯和弗罗斯特：自然与作家如何相互成就？
勃朗特姐妹：怎样利用有限的素材写作？
马克·吐温：作家如何守望故乡，如何珍藏童年，如何书写一个民族的性格和成长？
亨利·詹姆斯：写作与生活的距离，作家要在多大程度上妥协甚至牺牲个人生活？
菲兹杰拉德：作家与时代、与笔下人物之间的关系？
劳伦斯：享有身后名，又不断被诋毁、误解和利用，个人如何表达时代的伤痛？
毛姆：出版商的宠儿，却得不到批评家的肯定。选择经典还是畅销？

作家的诞生
——12位殿堂级作家的写作课

一个故事的诞生——22堂创意思维写作课

郝景芳和创意写作大师们的写作课，国内外知名作家、写作导师多年创意写作授课经验提炼而成，汇集各路写作大师的写作法宝。它将告诉你，如何从一个种子想法开始，完成一个真正的故事，并让读者沉浸其中，无法自拔。

郝景芳：故事是我们更好地去生活、去理解生活的必需。
故事诞生第一步：激发故事创意的头脑风暴练习。
故事诞生第二步：让你的故事立起来。
故事诞生第三步：用九个句子描述你的故事。
故事诞生第四步：屡试不爽的故事写作法宝。

The First 50 Pages: Engage Agents, Editors, and Readers, and Set up Your Novel For Success by Jeff Gerke

Copyright © 2011 by Jeff Gerke, Writer's Digest, an imprint of F&W Media Inc (10151 Carver Road, Suite 200, Blue Ash, Cincinnati, Ohio, 45242, USA)

Simplified Chinese version © 2019 by China Renmin University Press.

All Rights Reserved.

图书在版编目（CIP）数据

写好前五十页／（美）格尔克（Gerke, J.）著；王著定译．—北京：中国人民大学出版社，2014.10
（创意写作书系）
书名原文：The first 50 pages
ISBN 978-7-300-20049-1

Ⅰ.①写… Ⅱ.①格… ②王… Ⅲ.①文学创作-写作学 Ⅳ.①I04

中国版本图书馆 CIP 数据核字（2014）第 216321 号

创意写作书系
写好前五十页
[美] 杰夫·格尔克　著
王著定　译
Xiehao Qian Wushiye

出版发行	中国人民大学出版社		
社　　址	北京中关村大街 31 号	邮政编码	100080
电　　话	010-62511242（总编室）		010-62511770（质管部）
	010-82501766（邮购部）		010-62514148（门市部）
	010-62515195（发行公司）		010-62515275（盗版举报）
网　　址	http://www.crup.com.cn		
经　　销	新华书店		
印　　刷	天津中印联印务有限公司		
规　　格	160 mm×235 mm　16 开本	版　次	2015 年 1 月第 1 版
印　　张	15.5 插页 1	印　次	2022 年 7 月第 3 次印刷
字　　数	177 000	定　价	45.00 元

版权所有　侵权必究　印装差错　负责调换